JN173959

わたしたちの家は、ちょっとへんです

岡田依世子 作
ウラモトユウコ 絵

偕成社

もくじ

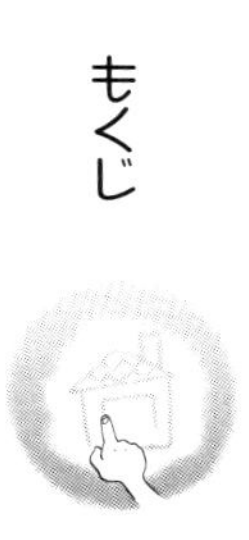

装丁　中嶋香織

1 マジ？

〈青天のヘキレキ〉だ。

六年生になって数日がすぎた昼休み、クラスメイトの下田さんがかいたイラストを見た優子は、心のなかでそうつぶやいた。

そのことわざの意味を、はっきりと知っていたわけではない。以前にニュースで、若手タレントのデキちゃった結婚について、感想をもとめられた道ゆく人たちが、そうこたえていた。「青天のヘキレキですね！」

ニュースを見ていた優子は、こんなふうに考えた。〈青天のヘキレキ〉って、マジ？みたいな意味かな。

イラストは、人気マンガの主役を、下田さんふうにかいたものだった。線が弱く表情もとぼしく、おせじにもじょうずとはいえない。

それなのに優子の胸はざわついた。下田さんってば、春休みのあいだに、すごくうまくなってる……。

「だからあたし、下田さんにきいたの。どういう練習したの？ って。だって五年生のおわりころに見せてもらったイラスト、超ヘタで、一年生とか二年生がかいたみたいな絵だったんだよ。杏奈ちゃん、見たことあるでしょ？ 下田さんのイラスト。」

優子の横で杏奈がのんびりこたえた。

「あると思うけど、わすれた。下田さん、なんていったの？」

学校からの帰り道、二人はならんで児童公園横の歩道を歩いていた。桜並木はとっくに葉桜で、道路のすみにつもった白い花びらが、強くふいた風にふわりとうきあがってとんでいく。

風にとばされないように、優子がベージュの校帽を手でおさえた。それからメガネの赤いつるをつまんで、ずりあげた。ふたつに結んだ髪の毛が耳の下でゆれる。

「べつに、だって。うそだと思った。ぜったいに、なにかあるって。でね、下田さんのペンケースに入ってたペンでわかったんだ。あれってぜったい〈アイ・キャン〉のマンガイラスト講座についてくるやつだよ。あたし、その講座のパンフをとりよせたことがあるからわかるの。講座をうけると、いろいろ画材がもらえるんだ。そのなかにあのペンがあった。下田さん、春休みのあいだに〈アイ・キャン〉はじめたんだよ。」

〈アイ・キャン〉とは全国展開している、大手の通信教育講座のことだ。

優子がくちびるをゆがめた。

「下田さんってあれだよね。ぜんぜん勉強してこなかったとかいって、百点とる人。」

「そうかもね。」

杏奈はあくびをかみころした。じつのところ下田さんのイラストなんて、どうでもよかった。アニメにもマンガにも、興味がまったくない。

しかし横にいる優子は親友で、〈アニヲタ〉だ。将来の夢はもちろんアニメーターで、低学年のころからマンガやイラストをかかせたら学年一と、みんなからいわれている。その学年一の座を、下田さんにおびやかされるのではと、優子はあせっている。親友として話をきいてあげないわけにもいかない。

優子が口をとがらせた。

「あたしも〈アイ・キャン〉やりたいなぁ。」

「親にたのんでみれば？」

「パンフとりよせたときに、たのんだ。」

「なんて？」

「そんなものを習うより、子ども時代は外にでていろいろ体験するほうが、将来ずっと役に立つ、だって。」

「大人がいいそうなセリフ。」

杏奈が横をむいた。背中におろした長い髪が、風にさらさらとうごく。「あれ？」といって、足をとめた。公園と歩道をへだてる、垣根の先へと目をむけた。

「志乃ちゃんだ。」

「志乃ちゃんって、三組の？」

「そう。あたし、三年と四年で同じクラスだったんだ。ほら、ブランコのとこ。妹かな。

小さい女の子をのせてあげてる。」

すべり台、ジャングルジム、鉄棒、砂場……児童公園は広く、ブランコをさがして、優子はきょろきょろした。木陰で男の子たちが、カードの見せあいっこをしていた。ベンチで二人のおばあさんが、しずかに話をしている。

背が高いショートカットの女の子が、ブランコにのった小さな女の子の、背中をおしてあげていた。

「あ、いた。妹とあそんであげるなんて、やさしいんだ。見た目、クールな感じなのに。同じクラスのときに杏奈ちゃん、なかよしだったの？」

「そんなでもない。」

二人の視線を感じたのか、志乃が歩道のほうをむいた。杏奈と目があった。杏奈が胸のところで、かるく手をふると、志乃もふりかえしてきた。

「いこうよ。」

優子がうながし、二人はふたたび歩きはじめた。杏奈が先に口をひらいた。

「志乃ちゃんね、三年生のあいだに、名字がかわったんだよ。一学期は〈城ノ内〉だっ

たの。だけど夏休みがおわったら〈相川〉になってて、なんか、おかあさんが離婚したみたい。」

「いまも〈相川〉だよね。」

「うん。小木さんからきいたんだけど。」

「二組の小木さん？」

「そう。志乃ちゃんは幼稚園のとき、〈中谷〉っていう名字だったんだって。でも親が離婚して、おかあさんの名字の〈相川〉になったんだって。で、わりとすぐにおかあさんが再婚して〈城ノ内〉になって、また離婚して〈相川〉にもどったらしいよ。志乃ちゃん、名字がかわったことで、バカな男子にからかわれてた。完全シカトしてたけど。」

　さらりとつづけた。

「あたしはおとうさんに引きとられたから、名字が〈三屋〉のままですんで、その点はたすかったんだよね。あたしの親が離婚したこと、知らない人たちってけっこういるかも。」

ラッキーだったねともいえず、優子は視線をおよがせた。「あ」といって、道のむこうがわをゆびさした。

「あそこのパン屋、ついにオープンしたみたいだよ。チラシくばってる。見にいってみよう。」

「わたっちゃう？」

道路をよこぎろうとしたが、赤信号だった。しかし車はまったくとおらない。

「ダメ。一年生が見てるかもしれない。」

優子が足踏みをはじめた。杏奈は「せっかち」といってわらっている。

信号がようやく青にかわった。

「いこ。」

二人が走りだすと、ランドセルにぶらさげた体育袋が、ぴょんとはねた。

キイキイときしむブランコにのった、妹の夢果の背中をおしてやりながら、志乃は優子の顔を思いうかべていた。あの子はたしか一組の吉成さんだ。マンガをかくのがすごくうまいんじゃないっけ。杏奈ちゃんと仲いいんだ。ま、どうでもいいけど。

わっと、大声がきこえた。虫でもとんできたのだろう。木陰でカードを見せあっていた男の子たちが、さけびながらちりぢりに走っていった。気がつけばベンチで話していた、おばあさんたちも姿をけしている。

ブランコのくさりを強くにぎって、夢果がふりむいた。くせっ毛が風にあおられてくちゃくちゃだ。

「おねえちゃん、もっとちゃんとおして。ぜんぜん高くない。」

来年一年生になる夢果が、えらそうに命令した。

志乃は、もうかんべんしてほしかった。かれこれ二十分近く、ブランコをゆらしている。

「おーしーまい。いっぱいのった。」

くさりの上のほうをつかんで、志乃はブランコのいきおいを弱めた。

「ヤダ。まだのる。」

「ダメ。おねえちゃんはつかれた。」

ブランコから、夢果がふくれっつらでおりた。と、思うまもなくかけだした。

「こら！　どこにいくの。」

「シーソーやる！」

とっつかまえて、頭をぽかりとやれたら、どんなにすっきりするだろう。そう思いながら、志乃は夢果を追いかけた。いつもの不満が胸でくすぶっていた。なんであたし、夢の相手ばかりしてなきゃいけないわけ？

ママのせいだった。

さっき学校から家に帰ってきた志乃は、マンションの玄関のドアをあけ、たたきを見おろして顔をしかめた。ママの靴の横に、よごれた大きなスニーカーがあった。靴をぬいで廊下をすすみ、リビングへのドアをあけて、目にした光景に口をまげた。またか。

テレビの前で、青いパーカーをきた二十代前半くらいの男の人が、あぐらをかいていた。コントローラーを熱心にうごかして、レースゲームの真っ最中だ。その横に夢果がいた。床にペタンとすわり、口をあけて画面に見入っていた。

「ただいま。」

男の人がおどろいて志乃（しの）を見た。かまわず志乃は夢果（ゆめか）にきいた。

「ママは？」

「お仕事。」

「保育園（ほいくえん）は？」

「お休みした。」

「おやつは？」

「食べた。」

なるほどテレビの前の床（ゆか）に、スナック菓子（がし）の袋（ふくろ）が三つもあった。

コントローラーをもったまま、男の人が夢果にきいた。

「だれ？」

「おねえちゃん。」

「マジ？」

男の人が、カーレースの騒音（そうおん）に負けないくらいの大声で、とじたふすまのむこうへ話しかけた。

「こんな大きい子どもがいるなんて、おれ、きいてないけど！」

リビング横の和室は、ママの仕事部屋だ。ママの声がかえってきた。

「きみ、もう帰ったら？」

「えっ、すきなだけいていいって、いってたじゃん。」

「始発の電車がでるまでの話。電車はとっくにうごいてる。」

志乃のママは、ときどき一人でふらりと居酒屋にでかける。

きのうの夜もでかけた。そして朝になっても帰ってこなかった。

学校にいく前に志乃は、ママの携帯電話に短いメールを送った。

——どこ？——

すぐに返信があった。

——すぐ帰る。夢はねかせておいていい。牛乳だけでものんで学校へいくように。——

おそらくママはきのうの夜、青いパーカーの男の人と、居酒屋で知りあった。したしくなって明け方までいっしょにお酒をのみ、家につれてきた。これでいったい何人めか。

終電にのりおくれた大学生、家が遠いサラリーマン……ママが家につれてきた男の人は、たくさんいる。このあいだは最悪だった。タレントをめざしている若者で、一週間以上もいついたあげく、お金をもちにげした。

ママのつれない言葉に、男の人がわめいた。

「そんなこといわれても、おれ、帰るところ、ないんですけど！　住むところがきまったから、おいてもらってる荷物を、あしたとりにいくって、友だちにメールしちゃったんですけど！」

ママの声はしかし、つめたい。

「じゃ、べつの友だちのところへいけば？」

「ふざけんなよ！」

男の人がまゆをつりあげたので、志乃はソファーに赤いランドセルをほうりなげて、夢果の手をつかんだ。

「おいで。」

しかし夢果はうごこうとしない。

「ヤダ！　このおにいちゃん、おねえちゃんよりずっとゲームがうまいもん。夢(ゆめ)、ここで見てる。」

「いいから。」

志乃(しの)は夢果(ゆめか)を引きずるようにして玄関(げんかん)へいった。ぐずぐずする夢果に靴(くつ)をはかせて、「ママ、一一〇番しとくね」とリビングにむかって、でまかせをいった。そして近所の公園へやってきたのだった。

「おねえちゃーん。はやくー。」

シーソーにのった夢果が、高くあがった反対側(はんたいがわ)をゆびさしていた。志乃はふかいため息をついた。読みたかった本を、学校の図書室でかりていた。はやめに宿題をしあげて読もうと、たのしみにしていたのに、表紙をひらくことすらかなわないまま、きょうも妹の世話(せわ)で日がくれる。

「ちゃんとつかまっててよ。」

シーソーのあいているほうの持ち手をつかんで、志乃は引きおろした。板にまたがり、やけくそぎみに地面をけった。

「うわーっ！」

急降下した夢果が、歓声をあげた。上下にうごくたびに、きゃっきゃとはしゃいで、大よろこびだ。

公園の木々や噴水などまわりのいろいろなものが、高くなったり低くなったりして、志乃の目にうつった。さっきまでいた、公園のすぐ横に建つ古いマンションを、志乃はうらめしくながめた。

あの男、そろそろいなくなったかな……。

2

雨の放課後

午後から雨という天気予報が大あたりした。六時間めのおわりごろ、空は灰色の雨雲におおわれて、やがてふりだした雨が、校庭の地面の色を、あっというまに黒くかえた。学校の昇降口で、ランドセルをせおった杏奈は傘をひらいた。おばあちゃんがこのあいだ、杏奈にと買ってきた新品だ。明るい黄色と傘のふちをかざるフリルがとてもかわいい。

雨でよかった。そう思い、杏奈は傘をくるりとまわした。一人で校門をとおる自分を、傘はかくしてくれる。

きょう、優子がかぜで欠席した。同じ班の女の子にいっしょに帰ろうと、声をかけよ

うかどうしようかまよっているうちに、杏奈は女子でただ一人、教室にとりのこされていた。

傘ではじける雨音をききながら、杏奈は帰り道をたどった。もうすぐはじまるゴールデンウィークのことが頭をよぎった。

けさ、おばあちゃんが計画を口にした。「二人で温泉旅行か、蓼科の別荘へでかけましょう。」

しかし杏奈は、連休にあわせて公開されるアニメ映画をいっしょに観にいこうと、優子と約束していた。それをおばあちゃんにいえなかった。おばあちゃんはアニメを、小さな子どもが観るものときめつけている。

杏奈は小さくため息をついた。蓼科はいいけど、温泉はいきたくないなぁ。

以前におばあちゃんと温泉旅行にいった。「命の洗濯」とおばあちゃんは上機嫌だったが、旅館から一歩もでずに、おふろに入るかテレビを見るか、本を読むくらいしかすることがない旅行は、たいくつでしかたがなかった。

温泉にいかずにすむ方法を考えながら杏奈が歩いていると、だれかによびとめられた。

「杏奈。」

ききおぼえのある声に、杏奈の心臓が大きくうった。傘をかたむけてふりむくと、思ったとおり、おかあさんが、電信柱のそばで小さく手をふっていた。傘の下でサングラスをかけ、帽子までかぶっている。

はずんだ声がでた。

「おかあさん！」

おかあさんが近づいてきた。

「ひさしぶり。元気だった？」

「うん。」

おかあさんの口もとの笑みにつられそうになり、杏奈は表情をひきしめた。いけないいけない。わらったりしたら、会えたことをよろこんでいると思われちゃう。

「おかあさんも元気そうだね。守は？　おじいちゃんとおばあちゃんは？」

「守も、おじいちゃんもおばあちゃんも元気よ。」

おかあさんが、あたりを気にした。黒い傘をさしたスーツ姿のおじさんが、歩道を歩いている。

「杏奈。お茶でものまない？」

杏奈はうなずいた。きょうは塾もピアノもお休みだった。三十分くらいなら帰りがおそくなっても、「図書室にいた」で、おばあちゃんをごまかせる。

家とは逆の方向へ五分ほど歩き、いろいろな会社の看板がでているビルの一階、人目につきにくい小さな喫茶店のドアを、おかあさんはあけた。杏奈はおかあさんの後から店に入った。

細長い店内はうす暗く、杏奈とおかあさんが奥のテーブルにつくと、エプロンをつけたおばさんが、水が入ったコップをはこんできた。

「おかあさんはコーヒー。杏奈はなににする？」

杏奈はメニューをながめた。ホットケーキ、ワッフル、フルーツサンド……食べたいが、夕飯がすすまないと、おばあちゃんがうるさい。

「クリームソーダ。」

お店のおばさんがいってしまうと、おかあさんはサングラスと帽子をとった。きちんとお化粧をして、髪を明るい栗色にそめていた。おとうさんと離婚する前の、すっぴんと、うしろにひとつに結んだ白髪まじりとは大ちがいだ。

杏奈の視線に、おかあさんが髪に手をやって、へへとわらった。

「レストランで接客してるから、ちょっとはきれいにしようと思って。それとね、お芝居をまたはじめたの。地元の小劇団にいれてもらえたんだ。」

独身時代におかあさんは、舞台女優をしていた。テレビドラマにでたこともある。しかし劇団仲間の知りあいだった杏奈のおとうさんと結婚して、女優を引退した。

おかあさんは目がきらきらしていた。

「九月の公演で、小さな役をもらえたから、いま、必死になって昔の勘をとりもどしてるとこ。」

杏奈はほほえんだ。

「がんばってね。」

「ありがとう。公演、よかったら見にこない？」

杏奈はあいまいな笑みをうかべて、首を左右にまげた。

「きてよ。チケット送るから。杏奈に見にきてほしいの。」

それでも「いく」とも「いかない」ともいわず、杏奈は首を左右にかしげつづけた。

おかあさんが顔をくもらせ、水を口にはこんだ。

「おとうさんは元気？」

「うん。仕事がいそがしくて、帰ってくるのが夜中。ときどきしか会ってない。」

「……おばあちゃんも、あいかわらず？」

杏奈は浅くうなずいた。おばあちゃんがどんなふうにあいかわらずなのか、おかあさんにおしえたかったが、心のなかにとどめた。

あのね、おばあちゃんね、家のなかを自分のすきなようにかえたよ。おかあさんが買いそろえたもの、ぜんぶゴミにだしちゃって、もう一個もないよ。「おかあさんがいなくても、おばあちゃんが杏奈をりっぱな大人にしてみせる」んだって。あたしの塾とか、かってにもうしこんできたよ。それとおかあさんの悪口を、いまもいうよ……。

コーヒーとクリームソーダがはこばれてきた。

「いただきます。」

杏奈はストローでソーダ水をのんだ。口のなかで炭酸がぷちぷちはじけた。

「おいしい？」

おかあさんがテーブルのむかい側から、杏奈をじっと見つめていた。杏奈はストローをくわえたままうなずき、あらためて思った。おかあさん、ほんとにきれいになったなぁ。

杏奈のおとうさんとおかあさんは、結婚しておとうさんの家で、おとうさんのおかあさん――おばあちゃん――といっしょにくらすことになった。

夫、つまり杏奈のおじいちゃんを病気で亡くしたおばあちゃんは、杏奈のおとうさんに会社をゆずるまで、家業の〈三屋不動産〉を、自分が社長になって守ってきた。おとうさんの結婚にあたって、会社の経理ができる女性を、お嫁さんにとのぞんでいたらしい。杏奈はそのことを両親が離婚してから、親戚の人にきいた。

おばあちゃんは周囲の人に、おかあさんに対する不満をたびたびもらしていたようだ。

「女優のお嫁さんなんて、完全に想定外。帳簿の見方も知らないのよ。お客さまへのお茶の出し方からおしえないと。」

実際、おばあちゃんのおかあさんへの当たりはきつかった。注意したりしかったりはもちろん、いやみや皮肉も多かった。幼いころから杏奈は、泣いているおかあさんを、なんどなぐさめたかわからない。

二人の険悪ムードは、杏奈の弟、守がうまれてよけいにひどくなった。孫たちに幼児教育をうけさせたいおばあちゃんと、それに反対するおかあさんのあいだには、つねにピリピリした空気がただよい、ついには会話もなくなった。たのみの綱はおとうさんだったが、残業や休日出勤がつづいて、ぜんぜん家によりつかない。

杏奈が四年生のときだった。おかあさんは杏奈が学校へいっているあいだに、守をつれて実家にもどった。その後、大人たちのあいだでどんな話しあいがあったのかは知らないが、半年前、杏奈が五年生の秋に、両親は離婚した。

守は、おかあさんとくらすことがきまった。おかあさんは「杏奈も引きとりたい」というい、おとうさんもそのほうがいいという考えだった。

しかし、おばあちゃんはちがった。

「杏奈にきめさせなさい。杏奈の人生なんだから。」

三人の大人を前に、家のリビングで、杏奈はうつむいてこたえた。

「ここでくらす。」

その瞬間のおばあちゃんとおかあさんの顔を、杏奈はいまもよくおぼえている。おばあちゃんは満面の笑みをうかべ、おかあさんは色をうしなってうつむいた。

杏奈とおかあさんは、どちらも会いたいときに会えることになった。ところがおばあちゃんが、杏奈とおかあさんのあいだに立ちはだかった。おかあさんが電話をかけてよこすと、「杏奈はいまおふろに入ってる」とか「勉強してる」とか、うそ八百をならべたててとりつがない。おかあさんからすれば、とりつく島がない。

そんなわけでおかあさんは、ときどきこうして学校帰りの杏奈をまちぶせするようになった。知りあいとばったり会って、そこからおばあちゃんの耳に入らないともかぎらないから、サングラスと帽子の変装はかかせない。

おかあさんがコーヒーにクリームをいれた。

「杏奈。連休におかあさんのところに、泊まりにこない？　守が、杏奈に会いたいって。

おじいちゃんとおばあちゃんも。」

杏奈はストローで、アイスクリームをソーダ水にしずめた。ソーダ水の表面にふくれあがった泡を、スプーンですくう。

「あたしも守に会いたい。おじいちゃんとおばあちゃんにも。でも、いけないと思う。」

「どうして？」

「予定がびっちりだから。あのね、おかあさん。」

さっきからいいたくてたまらないことが、杏奈にはあった。六年生になったのを機に、携帯電話をおとうさんに買ってもらった。電話番号とメールアドレスを、おかあさんにおしえたい。携帯電話は家においてあるが、番号もメールアドレスも暗記している。

しかしおばあちゃんとしたゆびきりが、杏奈の心をしばった。「学校にいっているあいだは、携帯をリビングにおいていくこと。買ってもらったことを、おかあさんにはおしえないこと。」

おばあちゃんは杏奈が学校にいっているあいだに、携帯電話の着信をチェックしているにちがいなかった。おかあさんとのメールのやりとりがバレたら、確実に携帯電話をとりあげられる。

「やっぱり、いいや。」

「なによ。とちゅうでやめるなんて、気持ちわるいじゃない。いいなさいよ。学校のこと？」

杏奈はううんと首をふり、グラスのなかをストローでかきまわした。ソーダ水の緑色にアイスクリームの白がとけこんで、グラスがきれいなペパーミントグリーンにかわった。


そのころ優子が、自分のベッドで目をさました。

きのうの夜に三十七度六分の熱がでた。朝には平熱にもどったが、大事をとってきょうは学校を休んだ。

昼に、ばあばがつくってくれたあたたかいうどんを食べ、あとはベッドでマンガを読んだりＣＤをきいたり。そのうちにまぶたがおりてきて、ぐっすりとねむりこんだ。

下でジュースでも、のもうかな。そう思い、優子は部屋からでた。足もとがすこしふらつく。ころげおちないように手すりにしっかりつかまって、ゆっくりと階段をおりた。

とちゅうで、階下の居間から、おばさんの声がきこえた。

「いっしょにいこうよ。イタリアにいきたいっていってたじゃない。見てよ、これ。ローマに二泊。ミラノ、ナポリ、ベネチア、フィレンツェ、アッシジ……これだけまわって、たったの三十万円よ。」

ばあばの友だちだとわかった。近所に住んでいて、週に三回はお茶をのみにくる。

ばあばが、うっとりした声でこたえた。

「いいわねぇ、イタリア。昔からのあこがれなのよね。すごくいきたいけど……むり。優子がいるもの。」

おばさんが舌うちをした。

「旅行にいっているあいだだけ、むすめさんにもどってきてもらえないの？　そうじゃなきゃ優子ちゃんに、むこうにいってもらうとか。」

「むすめはもどってこないわよ。仕事があるもの。優子だってむこうへいってるあいだ、学校をどうするのよ。」

おばさんがつまらなそうに「あーあ」といった。

「孫の世話で、第二の青春をおえるつもり？　まったく人がいいんだから。むすめのために孫をあずかってめんどうみるなんて。そりゃあ、わたしにも孫がいるから、かわいいのはわかるわよ。でもね、孫はときどきでいいのよ。毎日相手してたら、こっちの体力がもたないわ。」

ばあばのアハハというわらい声がして、居間の引き戸があいた。急須をもったばあばが、廊下をはさんだ台所へ入っていく。階段にいる優子には気がつかない。

足音をたてないように階段をのぼり、優子は部屋にもどった。おばさんの言葉とばあばのわらい声が、頭のなかをぐるぐるまわっていた。孫はときどきでいいのよ。アハハ……。

わけあって優子が、ばあば——ママのおかあさん——のところに居候をきめて、一年がすぎようとしていた。ばあばとのおだやかな毎日に、優子は満足していたが、ばあばはそうではないのだろうか。

目の前がくらくらして、息がくるしくなった。また熱がでてきたような気がして、優子はベッドに横になった。

目をとじて考えた。ばあばはイタリアにいきたいんだ。でもあたしがいるから、いけないんだ。もしかするとあたし、ばあばのじゃまになってる？

うつぶせになり、優子(ゆうこ)はまくらに顔をうずめた。

3 八十円缶ジュース

ゴールデンウィークがはじまった。三連休のまんなかの日に、優子と杏奈は、駅前のビルに買い物にきていた。一階と二階が百円ショップだ。一時間は売り場をうろうろしている。

いまは二階の化粧品コーナーで、試供品を手にしては、はしゃいだ声をあげていた。

「杏奈ちゃん、このネイルシール、二人で買って半分こしない？」

「いいね。ねえ、色つきリップって、学校につけていったら、やっぱりマズいかな。」

「いいんじゃない。つけてる人けっこういるよ。」

杏奈が鏡にむかい、試供品のリップをくちびるにぬった。くちびるが光って、ぐっと大人(おとな)っぽい雰囲気(ふんいき)になる。

おばあちゃんといっしょにいくはずの温泉(おんせん)旅行は、親戚(しんせき)の人が急に亡(な)くなったため中止になった。きょうは告別式(こくべつしき)で、おばあちゃんは黒いワンピースをきて、でかけていった。

リップを棚(たな)にもどし、杏奈(あんな)が携帯(けいたい)電話をとりだした。

「もう二時だ。そろそろ帰ろうよ。きょう、家にだれもいないんだ。アイス食べながら、ゲームしない？」

「するする。」

くだりのエスカレーターにのろうとしたとき杏奈は、園芸(えんげい)コーナーのほそい通路に、小さな女の子をみつけた。女の子の顔のまわりで、強いくせ毛(げ)がはねている。

杏奈が、かけよって話しかけた。

「どうしたの？　迷子(まいご)？」

女の子がうなずいた。店員さんはいないかと、優子(ゆうこ)はあたりを見まわした。

「夢(ゆめ)！」

目をいからせた志乃が、大股でやってきた。女の子の肩をつかむとゆすった。

「どうしてかってにいなくなるの？　おねえちゃんは夢に、お菓子売り場にいてっていったよね。お菓子売り場は一階だよ。なんで二階にいるの？」

夢とよばれた女の子は、こぶしを目にあてた。「ごめんなさい」というが、あきらかにうそ泣きだ。

志乃が杏奈を見た。

「ありがとう。たすかった。妹の夢果なんだ。あたしがトイレにいってるあいだにいなくなってて、ビルの外にでてたらどうしようと思って、心臓とまりそうだった。」

杏奈が夢果の頭をなでた。

「志乃ちゃんの妹だったんだ。よかったね、おねえちゃんに会えて。夢ちゃん、何歳？」

けろっとして夢果は、両手をつかって六という数字をつくった。そしていきなりかけだした。

「こら、夢！　どこにいくの！　まて！」

しかし夢果の足はとまらない。「ジュース！」とさけんで、くだりエスカレーターにとびのった。

おいかける志乃につづいて、優子と杏奈も一階におりた。

杏奈が夢果をみつけた。

「志乃ちゃん、あそこ。」

夢果はレジに近い大型冷蔵ケースの前にいた。ガラスのとびらごしに、オレンジジュースの缶をゆびさしている。

志乃がせおっていたリュックから小銭入れをとりだした。優子が手のひらをつきだして、まったをかけた。

「それ、八十円で買える。」

「ほんと？」

「ほんと。駅のむこうの、豆腐屋の近くにある自販機。ジュースがぜんぶ八十円。」

「スゴ。」

「いってみる？」

ビルをでた四人は、バスのロータリーがある駅前広場をつっきり、地下通路をとおって、駅の西側にでた。繁華街がある東側のにぎやかさにくらべて、住宅地がひろがる西側は、人の姿がまばらだった。タクシー乗り場では空のタクシーが、エンジンをきって客待ちをしていた。

「こっち。」

駅からつづくまっすぐな通りの、ひとつめの交差点を左にまがると、道は住宅街に入った。比較的新しい一軒家がならんでいる。家のベランダや窓で、洗濯物が風にゆれていた。どこかの家から、ピアノがきこえてくる。

杏奈が周囲を見まわした。

「あたし、このへんにきたことある。」

志乃がきいた。

「親戚とか、住んでるの？」

「ううん。そうじゃないけど……。」

「ついたよ。」

シャッターのおりた店を優子がゆびさした。〈おいしい手作り豆腐〉というのぼりが、道ばたに立っていた。

志乃がめずらしそうにつぶやいた。

「こんなところに豆腐屋さん。きょうはお休みだ。」

「ここのお豆腐、ばあばがすきで、ときどきおつかいで買いにくるんだ。そのとき、みつけたの。ほら、あれが八十円自販機。」

豆腐屋のとなりの小さなコインパーキングに、自動販売機があった。杏奈と志乃が、興味しんしんでサンプルを見あげた。

「ほんとだ。ぜんぶ八十円だ。」

「夢ちゃんがのみたがってたジュースもある。」

志乃が百円をいれ、オレンジジュースのボタンをおした。それから自分用にスポーツドリンクを買った。優子はレモンスカッシュを買った。杏奈は緑茶をえらんだ。

「百均で買っていたら、おつりなかったね。」

「っていうか、もっと払わないといけなかった。」

「かなり得した。」

つめたいうちに、どこかでのもうという話になった。しかしすわれそうな場所は、見あたらない。

杏奈が手まねきをした。

「ちょっとついてきて。」

きた道をすこしもどり、アパートの角をまがって、ブロック塀にかこまれた二階建ての家の前で、杏奈は足をとめた。

「ここ、おとうさんの会社が管理してる家なんだ。いま、売りにだされてるの。このあいだ、おとうさんに車で塾にむかえにきてもらったとき、なかを見ておきたいから、ちょっとよってもいいかっていわれて、いっしょに入ったんだ。そのときに。」

玄関横の小さな庭に、杏奈は足をふみいれた。庭にめんしたサッシ戸をそっとあけた。

「よかった。まだなおしてない。」

靴をぬぎながら説明した。

「おとうさんがこのサッシをあけて、鍵がこわれてるから、家を買う人がきまる前に、なおさないといっていってたんだ。ここから入れるよ。」

部屋の床に足をおろし、杏奈は手まねきをした。

「はやく。だれかに見られちゃう。」

はいていた靴を手に、つぎつぎと家にあがった。杏奈がまとめて靴を部屋のすみにかくし、サッシ戸をしめた。

一階におしいれのついた和室と台所、廊下のつきあたりに、おふろとトイレがあった。

「おばけがいそう。」

「家具がひとつもないから、声がやけにひびくね。」

「二階にいこう。」

二階は二部屋つづきの和室になっていた。しきりのふすまをあけてあり、ひろびろしている。

四人はたたみに円になってすわった。缶ジュースをあけて、ごくごくとのんだ。

「ぷはー!」

「おいしい!」

「いい場所があって、よかった。」

優子がたたみの表面をなでた。

「杏奈ちゃん。ここって、いくら？」

「さあ。わかんない。いくらだろう。」

「一軒家だし、高いんじゃない？」

「そうでもないと思うよ。おとうさん、この家は駐車スペースがないから、買い手がなかなかきまらない。もっと値段をさげないと、っていってたもん。」

「そうなんだ。」

志乃が感心したようにつぶやいた。

「駐車できるかできないかで、家の値段はかわるんだ。おぼえておこう。」

杏奈が百円ショップのレジ袋から、スナック菓子をとりだした。

「志乃ちゃんち、新しい家を買うの？」

志乃はスポーツドリンクをごくりとのんで、首を横にふった。

「あたし、できるだけはやく一人ぐらしをしたいんだ。マジで家がいやなの。駅のラックにおいてあるタダの住宅情報誌、よく読んでるよ。」

「へえ。どうして家がいやなの？」

志乃は「んーとね」といって、腕組みをした。

「うちの家庭、ちょっと複雑で……知ってるだろうけど、ママが二回離婚してるんだ。それはまあ、しかたないんだけど、ママがこのごろ、男の人を家につれてくるんだよね。あたし、それがすごくいやなの。そのたびに、夢を家からつれださなきゃいけないし。」

「もしかすると、このあいだ、公園で夢ちゃんを、ブランコにのせてあげてたのも、それ？」

「うん。」

杏奈がまゆをひそめた。

「だいじょうぶなの？　その男の人たち、志乃ちゃんや夢ちゃんをいじめたりしない？」

「いまのところは。」

「気をつけてね。ニュースとかでよくきくから。母親の彼氏が、子どもにひどいことした事件。」

志乃の顔がこわばった。横でのんきにスナック菓子を食べている夢果を、心配そうに見た。

優子がレジ袋からチョコレート菓子をだした。四角い箱をくるくるまわして、あけ口をさがしている。みつけて、ミシン目のあけ口をぴりぴりと引っぱった。

「一人ぐらしをしたいなら、杏奈ちゃんのおとうさんがやってる会社にいってみれば？駅前にある三屋不動産がそうだよ。マンションとかアパートとか、チラシみたいなのが、窓ガラスにいっぱいはってある。」

志乃が「へえ」と、意外そうにいった。

「杏奈ちゃんの家って、三屋不動産なんだ。駅前のでっかいビル、知ってるよ。杏奈ちゃんち、お金持ちー。いいなー。」

杏奈が手をふって、志乃の言葉をはらった。

「お金持ちじゃないし、よくない。だって、あたしの親、離婚してるし。」

「えっ、杏奈ちゃんの親も離婚してるの？」

「知らなかった？」

「うん。」

優子が袋をひらいて、グミをみんなにすすめた。

「あたしんちも、わりかし複雑だよ。親が、離婚はしてないけど、仕事の都合でべつべつに住んでて、あたしは、ばあばとくらしてるの。そうだよね？　杏奈ちゃん。」

杏奈がうなずいた。

志乃がグミをひとつつまんだ。

「杏奈ちゃんと吉成さん、仲いいんだね。」

「吉成さんって……名前でよんでよ。あたしと杏奈ちゃんは、一年生のときからの友だちなんだ。あとね、あたしたち誕生日がすごく近いの。杏奈ちゃんは八月二十八日で、あたしは八月三十日。」

「えっ！」

志乃がかんでいたグミを、ごくんとのみこんだ。

「あたしの誕生日、八月二十九日だよ。」

優子も杏奈が、同時に背中をそらせた。

「ほんとに？」

「すごい！　三日連続。誕生日直列だ！」

夏休みに誕生パーティーをひらいても友だちがあつまらないとか、夏休みの宿題がたいへんで誕生日を祝うどころじゃないとか、三人してぐちをこぼしあった。大わらいして、百円ショップで買ったお菓子の袋が、つぎつぎとあいていく。

夢果がぐずりはじめた。

「おねえちゃん、もう帰りたい。」

しかし三人とも、話し足りなかった。

「夢ちゃん、マンガかいてあげよっか。」

優子がポシェットからペンをだし、お菓子の箱のうらに、小さい子むけのアニメのキャラクターをかいた。「わぁ！」といって、夢果が大よろこびした。

優子と夢果を、杏奈がにこにこして見ていた。

「なんかいい感じ。この三人、話しやすい。全員、家がへんだからかな。」

優子がペンをうごかしながらうなずいた。

「親とか家の話ができる友だちって貴重だよ。下田さんになんて、ぜったいに話せない。」

志乃が「どうして？」ときいた。優子が理由を説明する。

「下田さんの家って、おじいさんが県会議員で、おとうさんは大きな会社の重役で、おかあさんはフラワーアレンジメントの先生で、おにいちゃんは国立大学にいってるんだって。すごいでしょ。エリート一家。だけど。」

ペンにキャップをして声をひそめた。

「下田さんのおかあさん、下田さんのおにいさんが中学だったときに、ＰＴＡ会長と不倫したんだって。」

志乃と杏奈がぎょっとした。

「どうして優子ちゃん、そんなこと知ってるの？」

「小木さんからきいた。」

「また小木さん？」

「小木さんのおねえちゃん、下田さんのおにいちゃんと同級生なんだって。おかあさんたちがいっしょにＰＴＡ活動してて、そのときのことらしいよ。」

杏奈があきれている。

「小木さんって、ほんとに、へんなことにくわしいよね。」

志乃が冗談めかした。

「将来、ワイドショーのレポーターになるといいね。」

「ぴったり！」

三人でげらげらわらっていると、志乃の横で夢果があくびをした。

「おねえちゃん、夢、ねむい。」

そこで手わけをして、あき缶やお菓子の空袋をレジ袋にまとめた。スナック菓子のかけらがおちていないか、手でたたみをなでてたしかめた。

「わすれもの、ないよね。」

「だいじょうぶ。」

全員、家の外へでた。夢果が「あ！」とさけんだ。

「ピンクラビットさんだ！」

となりの家の前に〈ラビット配達〉のトラックがとまっていた。白いコンテナの横に、ピンク色のうさぎマークがかいてある。

「ピンクラビットさんにタッチすると、いいことあるんだよ。」

車がとおらないのをいいことに、夢果が道路のまんなかで、うさぎマークにさわろうとして、ジャンプをくりかえした。

「おねえちゃん、だっこ。」

志乃が夢果をだきあげて、うさぎマークにさわらせた。

「おねえちゃんたちもタッチして。」

マークにさわった三人に、夢果がえらそうにおしえた。

「運転手さんからアメもらうと、しあわせになれるんだよ。運転手さん、いないかな。」

おどろいたことに、運転席の窓がするするとあいた。若い男性ドライバーが顔をだした。優子も杏奈も志乃も、息をのんだ。テレビにでてくるアイドルみたいに、かっこいい！

ドライバーが白い歯を見せてにこっとわらった。〈ピンクラビットさん〉にまつわるうわさについて、知っているようで、「アメ、いる？」ときいた。

夢果がさけんだ。

「いる！」

ドライバーがトラックからおりた。ユニフォームの胸ポケットに、〈堀〉というネームタグがあった。「手、だして」といって、夢果、優子、杏奈、志乃の順番で、手のひらにひとつずつ、黄色い小袋をのせた。

「じゃ。」

堀さんは運転席にもどり、トラックはエンジン音をひびかせて、とおざかっていった。

三人はぽーっとして、トラックを見おくった。

「芸能人なみにカッコよかったね。」

優子がつぶやき、杏奈は目をほそめていた。

「やさしそうだった。お皿とか割ってもおこらないで、けがしてない？　つぎは気をつけて、でおわる感じ。」

みんなで小袋からアメをとりだして、口にいれた。

「すっぱい！」

「ビタミンCだって。」

「レモン味。」

「レモンって、たしか初恋の味？」

志乃の言葉に、優子と杏奈が「えっ！」と声をあげた。

「クールな志乃ちゃんが、そんなキュートなことというなんて。」

「まさか志乃ちゃん……。」

右と左から、優子と杏奈に意味ありげに見つめられ、無視をきめこむ志乃の耳が赤くなった。


夕方に杏奈が家に帰ると、おばあちゃんが朝はいてでかけた黒い靴が、たたきにそろえておいてあった。

「ただいま。」

音もなくおばあちゃんが玄関にあらわれた。喪服からふだん着に、もうきがえていた。

「おかえり。どこにいってたの？」

杏奈はとっさに話をつくった。

「優子ちゃんち。」

「そう。優子ちゃんならいいけど、へんな友だちとつきあうのはダメよ。ゲームセンターとかカラオケとか、さそわれたらちゃんとことわりなさいよ。」

「そんなところ、いかないよ。」

おばあちゃんがまゆをよせた。

「ジーンズででかけたの？　せめてキュロットにしなさいな。女の子なんだから、女の子らしい服装をしないと。このあいだおばあちゃんがもってきた、新しい塾のパンフレット、どうだった？」

「まだ見てない。」

おばあちゃんがため息をついた。

「中学受験はもうまにあわないけど、いい高校に合格するために、いまのうちからしっかりした塾にいっておかないとね。まったく杏奈のおかあさんが反対しなければ、中学受験ができたのよ。いまごろは、大学までストレートですすめる名門校にかよっていたはずよ。」

杏奈は階段に足をのせた。おばあちゃんお得意のセリフが、そろそろとびだす予感があった。

大あたりだった。

「杏奈のためにいってるんだから、うるさいと思わないで、いうことをききなさいね。おばあちゃんには、杏奈のおかあさんにかわって、杏奈をりっぱな人にそだてる義務があるんだから。」

階段をいっきにかけあがり、杏奈は部屋にとびこんだ。いすにドスンとすわって、腕をくんだ。胸がむかむかして気づかないうちに貧乏ゆすりをしていた。おばあちゃん、マジでウザい。

おばあちゃんは杏奈の両親が離婚すると、なぜかはりきりだした。手はじめに家の大規模なもよう替えをした。杏奈のおかあさんがそろえた家具やおいていった小物を、つぎつぎと処分して、家のなかからおかあさんの気配をけした。

それがおわると、杏奈の生活に口だしをはじめた。学校、塾、服装、髪型、行動、友だち……あらゆることで自分にしたがわせようとした。時間がたつほどに、どんどん口うるさくなっている。

　おばあちゃんのこと、きらいになりそう。そう思い、杏奈はいすのひじかけをにぎって、床をけった。いすをぐるぐる回転させて、以前に見ていたテレビドラマの主題歌をくちずさんだ。おばあちゃんは「スケバンがケンカしてあばれて、下品な番組」ときらっていたが、杏奈は毎週たのしみにしていた。

　主人公にこんな決めぜりふがある。「だまりやがれ。てめえのむだ口につきあってるひまは、ねえんだよ。」

　このセリフを口にしたら、おばあちゃんはどんな顔をするだろう。目も口も鼻の穴もまんまるにして、あきれるにちがいない。

　その顔を想像したら、杏奈はなんだか、ゆかいになった。にやにやわらいながら、いすの回転をはやめた。

4 気にいらない

めざめた優子が最初に見たのは、天井のふしだった。バームクーヘンみたいに渦をまいて、いつも見ている壁紙の白とはまったくちがった。

一瞬、自分がどこにいるのかわからなくなり、優子はまばたきをくりかえした。思いだした。そうだ。ママのところにあそびにきてたんだった。

目ざまし時計の針は九時をさしていた。休日は予定がないかぎりたっぷりねぼうをするときめているが、窓からの日ざしが明るすぎて、目をとじていられない。昨夜、夜空の星があまりにもきれいだったので、窓にカーテンを引かずにねむったせいだ。

ゴールデンウィーク後半を利用して、優子はママがくらす東北の村にきていた。列車をのりついで、おとといの夕方に最寄りの駅に到着した。きのうは観光名所の公園で夜桜見物、きょうは村の温泉につかって、あしたの朝の列車で帰る予定だった。

布団からでて優子は、パジャマから服にきがえた。

「ママ？」

居間へいくとテーブルに、ふせた茶碗とお椀があった。メモがそえてある。

――急患です。食べたら診療所においで。――

あぶらあげの味噌汁をあたため、ごはんを山もりにして、優子は朝ごはんにした。たまご焼きにしょうゆをかけ、食べてにやっとわらった。ママの味だった。ママはたまご焼きに砂糖をいれる。ばあばは塩をいれる。

二年前のことだ。看護師をしていたママが、とつぜんこんなことをいいだした。

「阿藤先生が、故郷の村にもどって診療所をひらくんだって。その村は長いあいだ無医村で、診療所をひらくのが阿藤先生の夢だったそうなの。それでね、診療所の運営が軌道にのるまで、てつだってもらえないかっておねがいされたの。ママね、いきたいんだ。看護師として、先生といっしょに、村の人たちの役に立ちたい。」

阿藤先生は、ママがそのころつとめていた総合病院の、内科のお医者さんだ。ママより年が十歳ほど上で、熱をだしたりおなかがいたくなったりしたときに、優子はなんども診てもらった。

優子も、優子のパパも、ママの話に賛成した。

「ママ、いっておいでよ。村の人たち、よろこぶよ。」

「診療所が軌道にのるまでだろ？　おれと優子は、ここで、ママが帰ってくるのをまってるよ。」

その年のおわりに、ママは総合病院を退職し、阿藤先生といっしょに、はりきって東北へ出発した。

それから半年ほどすぎたころだ。自動車部品メーカーの会社につとめるパパに、転勤の話がもちあがった。

「こまったなぁ。家の事情があるからむりだといったんだが、どうしてもいってほしいと、上司にたのまれた。ずっとというわけじゃないんだ。一年か二年。」

優子はあっさりこたえた。

「いってきなよ。あたし、ばあばの家から学校にかよう。」

優子の一家は、ばあばの家の近くに建つマンションに住んでいた。ばあばは数年前にじいじを病気で亡くし一人ぐらしで、仕事が不規則なママにかわって、優子の保育園の送りむかえはもちろん、食事やおふろ、あらゆる面で優子の世話をしてくれていた。優子にとってばあばの家は、いわば第二のわが家だった。

パパが相談するとばあばは、「優子をあずかります」と即答したという。

こうして優子のばあばの家での、居候生活ははじまった。

朝ごはんを食べおわると優子は、パーカーをきて、肩からポシェットをななめにさげて外へでた。ママが住んでいるのは村はずれに数軒まとまって建っている村営住宅で、田んぼにはさまれた国道の歩道を、診療所にむかってぶらぶらと歩いた。空はからりとよく晴れて、半そででもいいくらいの陽気だった。しめった土のにおいのする風が、気持ちよくふきわたっていた。ピロロロロという鳴き声に顔を上にむければ、空の高いところで、トンビが茶色の羽をゆったりとひろげていた。

十分ほど歩くと、村でいちばん大きな建物である村役場が見えてきた。コンクリートできたりっぱな三階建てだ。

そのすぐうしろに、阿藤先生の実家を改築した〈阿藤診療所〉はあった。〈休診日〉の札がさがった診療所の白いドアを、優子はしずかにおしあけた。

「こんにちは。」

待合室にはだれもいなかった。すこしすると診察室のドアがひらいて、赤ちゃんをだっこした若いおかあさんと、優子のママがでてきた。

「熱は徐々にさがりますからね。水分多めに、ゆっくり休ませてあげて。お会計は月曜日でいいですから。」

若いおかあさんは、なんどもおじぎをして帰っていった。

ママが、玄関につったっている優子に気づいた。

「あれ、優子。もうきたの？　ごはん食べた？」

「うん。仕事おわった？」

「いま、おわったとこ。」

診察室から阿藤先生が顔をのぞかせた。

「優子ちゃん。せっかくあそびにきたのに、おかあさんを引っぱりだしちゃってごめんね。」

「ううん。それがママの仕事だから。」

「あらー、しっかりしてるわねー。」

「優子、ママ、きがえてくるから、ちょっとまってて。」

「うん。」

優子は阿藤先生にきいた。

「先生も温泉にいくんでしょ？」

「いきたいけど、午後から往診あるんだ。」

「いそがしいんだ。」

「三百六十五日、二十四時間営業みたいなものだからね。」

そういっているあいだにも電話が鳴った。阿藤先生が受話器をとった。

「はい。阿藤診療所です。どうしました？　腰がいたい？　歩いたりすわったりできます？　往診となると、夕方になっちゃうんですけど……。」

ジャンパーをきたママが、トートバッグを肩にかけて、事務室からでてきた。気にせずいきなさい、と阿藤先生が手をふった。ママは先生にぺこりと頭をさげた。

「じゃ、いこうか。」

「うん。」

めざすは診療所から歩いて五分の〈村営ぬくもりの湯〉だ。広い駐車場をそなえた大きな一階建ての建物で、連休とあって混みあっていた。

ママと二人でひとつのロッカーをつかい、優子は「先にいくよ」と声をかけて、ふろ場のガラス戸をあけた。

体をざっとあらって、温泉に首までつかり、大きな窓から見わたせる、山の景色をのんびりながめた。ぬるめのお湯に、体がじんわりとあたたまって、ねむくなるような気持ちよさだった。

ママと数人のおばあさんが湯船でおしゃべりをしていた。方言がきつくて、なにをいっているのか優子にはさっぱりわからない。

しかし、ママはたのしそうに話していた。

「いい湯っこですね。」

「まんつ、いい湯っこだなんす。」

「あのわらしっこは、看護婦(かんごふ)さんのむすめさんだが？」

「んだよ。あそびにきてらの。」

「おかあさんど、よぐ似(に)でる。」

方言(ほうげん)まじりで話すママが、なんだかべつの人みたいに優子(ゆうこ)には思えた。一方で、ママは村の人たちからしたわれているのだと感じ、ほこらしくなった。

お湯からでて、優子はタオルで体の水滴(すいてき)をぬぐった。

「ママ、先にでてる。」

「ママはもうちょっと入ってる。大きな座敷(ざしき)にいて。」

「わかった。」

服をきたはいいが、湯あがりの汗(あせ)がひかない。パーカーを腕(うで)にかかえて優子は、Tシャツとジーンズで、建物内の物産店(ぶっさんてん)をひやかした。売店でソフトクリーム型(がた)のアイスを買い、大座敷にいった。

長テーブルをくっつけてならべた広い座敷には、お年よりから子どもまで、たくさんの人がいた。座布団をまくらにいねむりしたり、持参したお弁当やお菓子を食べたり、思い思いにくつろいでいる。

出入口に近い場所で、優子は座布団にすわった。アイスを半分ほど食べたところで、ママがバスタオルで顔をふきながらやってきた。

「いいお湯だった。あ、アイス。ひと口ちょうだい。」

「いいよ。」

ママがアイスをかじった。「おいし」といってわらった。

「このあと、どうしようか。一回家に帰って、夕方にとなり町のラーメン屋にいこうか。けっこうおいしいんだよ。」

「あたし、夕飯は家で食べたい。ママに話したいことがあるんだ。」

「じゃあ、となり町のスーパーに買い物いって、家ですき焼きでもする？」

窓ぎわの席から、だれかがママをよんだ。

「吉成さん。」

若い男の人が腕をふっていた。五、六人の男女で、同じテーブルをかこんでいる。ママも小さく手をふった。

「山口くんじゃないの。なにしてるの？」

山口くんとよばれた若い男の人が、優子とママのほうへきた。どう見ても二十代前半だ。

「連休で、東京から同級生が帰ってきたもんで、ミニ同窓会やってるどご。」

「なるほど。それで昼間からよっぱらってるわけね。」

「おれはのんでねよ。運転手はウーロン茶。」

山口さんが優子を見た。

「むすめさん？　おかあさんど、よく似でる。名前、なんていうの？　何年生？」

「吉成優子です。六年生です。」

山口さんは腰をまげて、ていねいにおじぎをした。

「山口務です。村の青年団で、おかあさんには、けがしたときとか、かぜひいたときとか、お世話になってます。」

ママがつけくわえた。

「山口くんはね、無農薬の野菜やお米の栽培にとりくんでるんだよ。それで村おこしをしたいんだって。」

むこうにいる若い女の人が手まねきしていた。

「吉成さんとむすめさんも、こっちさ、こ。」

ママが腰をあげた。知らない人の輪に入るのは気のりしなかったが、優子もテーブルをうつった。

「優子ちゃん、遠慮しねで、食べで。」

山口さんがしきりにすすめた。テーブルには揚げ物やサラダ、巻き寿司、焼き鳥などがところせましとならび、皿のすきまをビール瓶がうめている。

「吉成さん、ささ、一杯。」

ママのコップに、山口さんがビールをそそいだ。ママは「いただきます」といって、泡の立つビールをいっきにのみほした。のみっぷりのよさに、「おー!」と歓声があがる。

村の話題、農業の話題、ママはビールをのみながらわらったりしゃべったり、あっというまにその場にとけこんだ。となりで優子はおとなしくジュースをのんでいたが、やがてつまらなくなって、立ちあがった。

「ママ、あたし、トイレにいってくる。」

トイレにむかいながら、優子はくちびるをとがらせた。帰りたいのに、ママはぜんぜんわかっていない。あしたからまたしばらく会えないのだ。ばあばがいきたがっているイタリア旅行について相談したいし、ほかにも話したいことがあった。

トイレで時間をつぶし、大座敷にもどった。

あれ？

優子は目をうたがった。さっきまで優子がすわっていたママのとなりに、山口さんがいた。ママと頭を近づけあって、くすくすわらったり、うなずきあったりしている。山口さんがなにか冗談をいったのだろう。目のふちを赤くしたママがあごをそらしてわらった。山口さんの腕をかるくたたいて、ちょっとよろけた。その肩を、山口さんがだきかかえるようにしてささえた。

！！！

口を手でおさえ、優子は息をとめた。目の前の光景が、しんじられなかった。ママがよっぱらって、若い男に肩をだかれて、わらってる！

知らないうちに足がうごいていた。玄関でスリッパから靴にはきかえて、優子は建物からでた。

アスファルトをどかどかふみつけ、ママの家にむかって歩いた。いかりがこみあげてくる。なんなの、ママのあの態度。よっぱらって、若い男にべたべたして、気持ちわるいったらないよ。もう、マジでヤダ。ムカつくー！

あっというまにママの家についた。鍵をあけて家に入り、しきっぱなしの布団でふて寝をきめこんだ。このまま朝まで、ママとひとことも口をきかずに帰ったとしてもかまわない。

いつのまにか、ねむってしまった。外できこえた車のエンジン音で、優子は目をさました。時計は三時をまわっていた。

「優子、いるー？」

カラカラとサッシ戸がひらく音がして、優子が玄関にでると、山口さんの肩につかまったママが、千鳥足で玄関の敷居をまたいだところだった。山口さんは苦笑いをうかべている。

「のむのやめだほうがいいって、なんぼいっても、どんどんおかわりしてしまって。ひさしぶりの休みだっていってたし、昼から温泉入って、気がゆるんだのがな？」

あがりかまちにママをすわらせて、山口さんが優子にきいた。

「いづまでこっちさ、いるの？」

「あしたの朝、帰ります。」

「おかあさん、こんな調子だし、オレ、駅までおぐるが？」

「いいです。バスあるし。」

ムスッとしている優子に、山口さんはばつがわるそうにして帰っていった。

玄関にへたりこんだママは、「水、水」とつぶやいている。優子はコップに水をそそいでもっていった。のどを鳴らしてママは水をのみほし、「ねる」といって、居間で大の字になった。

泣きたい気持ちで、優子はママを見おろした。最後の夜の計画は、完全にぶちこわしになった。すき焼きもいろんな相談も、よっぱらいに期待するほうがまちがっている。

いちおう、きいてみた。

「ママ。おきてる？」

「……おきてるよ。」

「ちょっときくけど、あたしがこっちでくらしたいっていったら、どうする？」

ママはむにゃむにゃと口をうごかし、ねがえりをうった。

「優子に、まかせる。」

それきりママは口をとざし、かるいいびきをかきはじめた。優子はママに毛布をかけてやることもせず、となりの部屋で帰りじたくをはじめた。

同じ日の夜おそくに、志乃はリビングで、カーペットにねころがって女性週刊誌を読んでいた。ママが買ったものだ。若手女優の不倫、有名歌手の借金地獄……どうでもいい記事ばかりがのっている。

テレビではお笑い芸人がひな壇にずらりとならんで、サッカーについてあつく語りあっていた。すぐ横のソファーで、夢果が服をきたままぐっすりとねむっている。

ふすまがさっとあいて、毛玉だらけの黒いジャージの上下をきたママが、むくんだ顔をのぞかせた。

「腹へった。」

志乃は声をかけた。

「おつかれ。」

「食べるもの、ある？」

「カレーつくってあるよ。ごはんは炊飯器。」

ママが台所で、カレーの鍋がのったガス台に火をつけた。皿にごはんを大もりにして、鍋のふたをあけたりとじたり、カレーがあたたまるのをまっている。

「台所きれい。志乃がそうじしたの？」

「そうだよ。お茶碗あらった後で、いつもやってるよ。」

「えらーい。」

あたたまったカレーをごはんにかけて、ママは立ったまま食べはじめた。

「うまい！　腕、あげたね。このあいだのハンバーグもおいしかった。親がだらしないと、子どもがしっかりするっていうのはほんとうだね。これからはもっと、だらしなくしようっと。」

ちょうどページをひらいていた特集のタイトルに、志乃は注目した。〈わたしってバカ母？〉

「おかわりしよう。」

「太るよ。」

「すこしくらい太ってないと。あした、バイトだし。」

「翻訳は？」

「あとちょっとでおわる。」

志乃のママは翻訳の仕事をしている。母子家庭に支給される手当などをいれても、親子三人くらしていけないので、週に三、四日、夕方から夜半にかけて、ビルのそうじのアルバイトもしている。

二杯めのカレーをかきこむママに、志乃はメモをわたした。

「城ノ内さんから、電話があった。」

「なになに。六月十六日の土曜日。城ノ内さんの新しい奥さんの子どもの誕生会。夢を招待したい。夢はなんだって？」

「いきたいって。」

「あんたは？」

「よばれなかった。」

ママがスプーンで米粒をあつめた。

「血がつながったむすめしかよばないんだ。心がせまい男。わかれて大正解。あんたもよかったでしょ。〈城ノ内志乃〉なんて、演歌歌手みたいだもんね。」

志乃はくちびるの片方をまげてわらった。

「あたしのパパの〈中谷さん〉よりずっとマシだと思うけど。あたしがパパに会ったの、一年生が最後だよ。そのあとパパは再婚して、すぐ赤ちゃんがうまれて、連絡をよこさなくなった、だよね？」

「くわしいじゃん。」

「ママからきいたんですけど。」

志乃は週刊誌のページをめくった。

「このあいだの若い男の人、あれっきりこないね。」

「劇団員のほう？　フリーターのほう？」

「夢とゲームしてた、青いパーカーの人。」

「フリーターのほうね。居酒屋でバイトしてた子でさ。バイトのおわりから電車の始発まで、時間をつぶすのがたいへんっていってたから、うちにきていいよっていったの。そしたらかんちがいされちゃった。」

志乃は顔をしかめた。

「よくそういうふうに、男の人にチャラチャラできるね。」

いやみをいったのに反応がない。見ればママは台所で、大きなペットボトルのコーラをラッパのみしている。

志乃は、いやみのダブルパンチをおみまいした。

「あたし、男ギライになるかも。ママが男にだらしないせいだよ。どうしてくれる気？」

「気合いだっ！」

大声にびっくりして、志乃は上体をおこした。

「気合いってなによ。」

ママは仁王立ちになっていた。

「もうひとがんばりするってこと。あしたの朝までに、データを送る。志乃、夢をベッドにねかせて。それからコーヒーいれて。思いきり濃いやつ。」

肩をこきこきと鳴らして、ママは仕事部屋のふすまに手をかけた。「その前にトイレ」といってもどってきた。

週刊誌をとじて、志乃は夢果の背中をつついた。

「夢、ちょっとだけおきて。」

しかし夢果はねむりこんでいる。

しかたないので志乃は、しゃがんで夢果をせおった。背中にずっしりと重い夢果を子ども部屋へはこんだ。とちゅうで、トイレからでてきたママとはちあわせした。ふと思いついて、きいた。

「ママの親って、どういう人たちだったの？」

ママの両親——志乃の母方の祖父母——は、志乃がうまれる前に二人とも亡くなった。

ママには兄が一人いるが、つきあいはまったくといっていいほどない。

ママがあくびをかみころしてこたえた。

「二人とも外面がよくて、こうでなければならないっていうのが、たくさんある人たち。」

仕事部屋のふすまがしずかにしまった。

志乃は夢果をベッドにねかせた。それから台所で、ママがよごしたお皿をあらい、戸棚からインスタントコーヒーの瓶を、冷蔵庫から牛乳をとりだした。

しめきりが近づくとママはブラックコーヒーばかりのむ。それは胃にあまりよくない。ミルクパンで牛乳をあたため、志乃はカフェオレをつくった。

5
ピンクラビットはしあわせをはこぶ

きのうの天気予報が、全国的な梅雨いりをつたえた。それを証明するかのように、夜中いっぱい本降りで、朝にいったんやんだが、いつまたふりだしてもおかしくない空もようだった。

傘をもってこなかったことを後悔して、志乃は公園のベンチで携帯電話をいじっていた。おなかがすいていた。朝からなにも食べていない。しかし財布をもってこなかったので、菓子パンひとつ買えない。

誕生パーティーにまねかれた夢果が、きのうから城ノ内さんの家にでかけていた。かつては志乃の父親でもあった城ノ内さんは、ママと離婚した後も夢果に会いやすいようにと、となりの町に住んでいる。夢果を引きとりたかったのだが、ママと離婚したときに失業していたので、あきらめたといういきさつがある。

めずらしく夢果におこされない日曜日だった。志乃は十時ごろめざめて、リビングへいった。トーストとココアでおなかをみたしたら、ソファーで、優子からかりたマンガを読むつもりだった。あき家で話して以来、志乃は優子と杏奈と、学校の廊下で会うたびに、立ち話をする仲になっていた。

「あれ？　ママ。」

ママがダイニングテーブルで新聞を読んでいた。昨夜もママは居酒屋へでかけた。そして志乃がベッドに入る時間になっても、帰らなかった。

コンビニのレジ袋が、テーブルにおいてあった。

「コンビニいったんだ。」

「うん。食べていいよ。」

袋にはサンドイッチやヨーグルトが入っていた。それとレシートが二枚でてきた。一枚は買った商品のレシートで、一枚はＡＴＭでお金をおろした明細書だ。

「十万円もおろしたの？」

「まあね。投資した。」

「投資って？」

「きのう、居酒屋でいっしょにのんだ男に、わかれぎわにコンビニで、十万円おろしてわたした。」

志乃は胸さわぎがした。

「その人、ママの知りあい？」

「ううん。きのうはじめて会った人。カウンターでのんでたら、となりにすわって、意気投合しちゃった。ぜったいに十倍にしてかえすっていうから、その気になっちゃった。百万円か。たのしみだな。なに買おうかな。」

志乃はあきれはてた。

「そんなの、うそにきまってるじゃん。ママはだまされたんだよ。」

「だまされてない。ちゃんとした投資。もらった名刺、見る？」

ママが財布から、一枚の名刺をとりだして志乃に見せた。志乃のまゆ毛がきつくよっていく。

「〈ハイパー・フューチャー・クリエイター〉って、なにする人なのか、さっぱりわかんない。こんな名刺もってるやつ、ぜったいにあやしい。」

「考えすぎ。すごくいい人。おまけにイケメン。」

「いい人だと思ってるバカ、日本に五人くらいしかいないから。そのうちの一人がママだから。」

ママがテーブルをこぶしでドンとたたいた。

「親にむかってバカとはなによ。あたしが稼いだ金をどうつかおうが、あたしのかってでしょ。飯を食わせてもらってる分際で、つべこべいうな！」

めったにいいかえさない志乃だ。しかし夢果の不在が、志乃を大胆にさせた。

「バカだからバカっていったんだよ！　いい加減に男にチャラチャラするのやめなよ！　その男がすごくわるいやつだったらどうする気？　あたしや夢が、なぐられたりしたら、どう責任とるの？　母親の彼氏に虐待されて殺されちゃった子、いっぱいいるんだよ！」

ママが口を一文字にむすんだ。

「バカで、おまけに男にチャラチャラしていてすいませんね。あんたは父親に似て、かしこくてよかったね。」

「そんなこといってないでしょ。」

「いってる！　どうせあたしはバカですよ。服装もだらしないし、料理もへただし、お金の管理もできません。思いつきで行動して人にめいわくかけて、先生や親のいうことがきけません。それが気にいらないなら、でていってよ。」

ママが「でていけ」をくりかえしながら、志乃の背中をぐいぐいおした。

「やめてよ！」

「うるさい！　なによ。いつもいつもえらそうな目つきしちゃって。はいはい。わかってましたよ。志乃はママのこと、きらいなんだよね。ケーベツしちゃってるんだよね。」

玄関からしめだされ、しかしとなりの住民の目と耳が気になってドアをたたくこともできない。

しかたなく志乃は公園へやってきた。もってきたものといえば、ズボンのポケットに入っていた携帯電話だけで、携帯に内蔵されているかんたんなゲームで、すでに小一時間ベンチにすわってあそんでいた。そのあいだ、ため息ばかりが口からもれた。ママにふりまわされるのは、もううんざりだ。いっそのこと、このまま家出しちゃおうかな。

ベビーカーをおす若い男性が、こっちにむかってきた。顔に見おぼえがあり、志乃は思いだそうとした。

わかった。アメをくれたラビット配達のドライバー、たしか堀さんだ。

堀さんも志乃をおぼえていたようで、笑顔になった。ポロシャツにジーンズという普段着でも、やっぱりへたな芸能人よりかっこいい。

「また会ったね。」

「あの、ピンクラビットの運転手さんですよね。アメくれた。」

「そう。堀っていいます。この近くに住んでるの？」

「あ、はい。そこのマンションに住んでます。オンボロの。」

志乃がゆびさしたマンションに、堀さんは、へえというふうにうなずいた。

「あのマンションなら、配達でよくいくよ。」

「あ、うちのママ、通販ずきなんで、きっとうちへの配達、多いと思います。あの、赤ちゃん、かわいいですね。」

ベビーカーにいた水色の服をきた赤ちゃんの手を、堀さんがふにふにうごかした。

「育人くんでーちゅ。八か月でーちゅ。よろちくおねがいちまーちゅ。」

カッコいい外見と赤ちゃん言葉のギャップに、志乃はふきだした。

「イクメンなんですね。」

「そんなカッコよくないよ。嫁さんに、雨がやんでるうちに窓をあけてそうじをしたいから、散歩にいってきてっていわれたんだ。きょうは、妹さんはいないの？」

「あ、ええと、妹はパパのところへいってます。」

「パパのところ？」

「あの、うち、親が離婚してるから。」

「きみはいかなかったの？」

「あたしの正式なパパではないので。」

堀さんがきょとんとした。あわてて志乃は説明した。

「妹とあたし、父親がちがうんです。」

あせったいきおいで舌がすべった。きかれてもいない家の事情を、志乃は堀さんにぺらぺらしゃべった。

「ね？　うちって複雑でしょ？」

堀さんは志乃のとなりにすわり、とくにおどろいたようすもなく、ふんふんとうなずいてきいていた。ときおりベビーカーをゆすって、育人くんをあやした。

「両親が離婚してるところまで、おれといっしょだ。でもおれはそのあと、養護施設でそだった。」

「え？」

「おれの両親、おれが小学校五年生のときに離婚したんだ。父親がはたらかないであそんでばかり。おまけに暴力。おれは母親に、姉は父親に引きとられた。母親は仕事もお金もなかったから、おれを養護施設にあずけたというわけ。中学を卒業するまで、そこにいた。」

父親とはそれっきりだったが、母親はちょくちょく堀さんに会いに、施設をおとずれたという。

「いつかまた母親といっしょにくらせると思ってた。でも再婚してからは、あんまり会いにこなくなって……新しい家族への遠慮があったんだろうな。」

志乃はつらそうに目をふせた。

「あたしのパパも、再婚したらぜんぜん会いにこなくなったの。もう何年も会ってないから、顔をわすれちゃった。」

堀さんがきいた。

「パパに会いたい？」

志乃は考えた。会うというより、ものかげからこっそりのぞいて、いまはどんな感じか見てみたい気はした。病気だったらイヤだろうなと思った。志乃のことをすっかりわすれて、新しい家族としあわせにくらしていても、イヤかもしれない。

こたえずに、ききかえした。

「堀さんは？」

堀さんは「そうだなぁ」といって、すこしだまった。

「いまは会わないほうがいい気がする。父親とも母親とも。元気でいるならいいけど、もしも弱っていたり問題をかかえていたら、たすけてやれる自信がない。いまの自分のくらしを投げだしてまで、おれをすてた人たちのことをね。」

育人くんが、足をばたばたさせた。堀さんが「はいはい」といって、育人くんをひざにのせた。

そばで見ながら志乃はぼんやり思った。パパも赤ちゃんのあたしを、こんなふうにあやしたのかな。

「健人くーん。」

女の人の声がして、堀さんが顔をあげた。つられて志乃も、公園の出入口に目をむけた。

白いレジ袋をさげた若い女性が、にこにこしながら走ってきた。

「牛乳買いにきたついでに、むかえにきた。育くん、ぐずらなかった?」

女の人が、堀さんの横にいる志乃をふしぎそうに見た。堀さんが説明した。

「前に、妹をだっこしてラビットマークにさわらせてた子がいたって話しただろ? そのおねえちゃん。近くのマンションに住んでるんだって。いま、ばったり会ったんだ。」

女の人が「あのいいおねえちゃんね」といい、志乃にむかって右手をさしだした。

「あたしはこの人の奥さんで、堀朝子っていいます。よろしくね。」

志乃はあわてて立ちあがり、朝子さんの手をにぎった。いいおねえちゃんなんていわれたのは、はじめてで、顔が赤くなるのを感じた。

「相川志乃です。よろしくおねがいします。」

握手がおわったとたん、育人くんが顔をしかめて泣きだした。堀さんがくんくんと鼻をうごかした。

「ウンチしたみたいだ。」

「たいへん。はやくオムツをかえないと。」

二人のあわてぶりに、志乃は足を家のほうへむけた。

「あの、あたし、もう帰ります。そろそろママの機嫌もなおってるだろうから。」

堀さんから育人くんをうけとり、朝子さんがもうしわけなさそうにまゆをよせた。

「ばたばたしてごめんね。また会えるといいね。」

「あたし、妹をつれて、夕方にこの公園によくきてるから、きっとまた会えると思います。」

朝子(あさこ)さんがにっこりした。

「夕方ね。じゃ、また会おう。」

「じゃあな、志乃(しの)ちゃん。」

いよいよはげしく泣(な)く育人(いくと)くんを、朝子さんがしっかりと胸(むね)にだき、堀(ほり)さんは空(から)のベビーカーをおして、二人は足ばやに公園から去っていった。


それからしばらくのあいだ、梅雨空(つゆぞら)と肌寒(はだざむ)い日がつづいた。七月に入り七夕(たなばた)が近づくと、梅雨明けを予感(よかん)させる青空が、ときおり顔をのぞかせるようになり、きょうは朝から快晴(かいせい)にめぐまれた。

日ざしがまぶしく、朝から汗(あせ)ばむような陽気に、志乃(しの)はひさしぶりに傘(かさ)をもたずに登校した。学校にむかって歩いていると、うしろから声をかけられた。

「志乃ちゃん、おはよう。」

杏奈(あんな)だった。志乃も「おはよう」とこたえ、二人は肩(かた)をならべた。

「なんかきょう暑いね。」

「うん。梅雨明けかな。」

「梅雨が明けたら、いよいよ夏休みだ。」

「夏休みに、志乃ちゃんはどこかへいくの？」

「とくには。うち、いなかがないんだ。杏奈ちゃんは？」

「あたしはお盆すぎに、おとうさんとおばあちゃんと、ハワイにいく予定。」

「ハワイ……いいな。」

「優子ちゃんは、家族でおとうさんのいなかにいくんだって。」

「ふうん。」

志乃はつまらなそうに鼻でこたえた。優子と杏奈の夏休みの計画表には、家族とでかける予定が、ばっちり書いてある。それにくらべて、自分の計画表ときたら真っ白だ。

くやしまぎれに、心のなかでつぶやいた。二人とも、たのしいことといっぱいじゃん。

朝子さんのことおしえるのは、やめようかな。

堀さん一家に会った数日後、同じ公園で夢果をあそばせていた志乃は、買い物帰りの朝子さんと会った。ベビーカーの育人くんに、夢果が大よろこびして、みんなで木陰のベンチでおしゃべりをした。

きけば、朝子さんたちが住んでいるアパートも、公園のすぐそばだという。手づくりのクッキーがあるから、食べにおいでと朝子さんはさそってくれた。

言葉にあまえて志乃は、夢果をつれて朝子さんについていった。二階建てのアパートは間取りがダイニングキッチンと和室が二間で、どこもきれいにかたづいていて、赤ちゃん用のぬいぐるみやオルゴールがかざってあった。

クッキーとココアをごちそうになり、いないいないばあをして、育人くんをわらわせたり、かわるがわるだっこしたり、志乃と夢果は、とてもたのしい時間をすごした。帰りぎわに朝子さんが志乃にいった。

「友だちといっしょに、またあそびにおいで。」

志乃は大きくうなずいた。杏奈と優子に、すぐにでもおしえるつもりだった。ラビット配達のイケメンドライバーの奥さんとなかよしになったよ。かわいい赤ちゃんがいるんだよ。こんどいっしょにいこう。

ついさっきまでそう思っていたのに、いまは心がざらついていた。おしえたくない。すでにじゅうぶんしあわせな二人を、どうして自分がもっとしあわせにしてあげなければならないのか。

そんなことを考える志乃の横で、杏奈がひたいの汗を、ハンドタオルでおさえた。

「夏休みになったら、優子ちゃんと三人であそばない？　おとうさんから市民プールのチケット、三枚もらったんだ。」

そういう杏奈の服に、志乃はさりげなく目をはしらせた。きょうはワンピースをきていた。おちついたデザインと色づかいは、デパートや子ども服専門のお店で買ったものだろう。やっぱり杏奈の家はお金持ちだ。

それにくらべてうちは。志乃は杏奈に気づかれないように、小さくため息をついた。ママが十万円をかした〈ハイパー・フューチャー・クリエイター〉からの連絡はとだえていた。くわえてこのところ出版された本の売れゆきがかんばしくなく、ママはすこぶる機嫌がわるい。きのうの夜は、こんなことをいっていた。

「アルバイト、ふやそうかな。それとも志乃と二人で内職しようか。知りあいがガチャガチャの中身をつめる内職をしてるから、紹介してもらって。」

冗談ととれないママの口調だった。その日から、マンションのリビングで、ママと二人、プラスチックの丸いケースにおもちゃをつめている自分が、頭からきえてくれない。もともと友だちじゃないし、住んでる世界がちがうんだ。杏奈ちゃんにも優子ちゃんにも朝子さんのことをおしえるの、やーめた。そうきめて、志乃は顔を前にむけた。

道の先を志乃と同じクラスの女の子が歩いていた。それほどなかよしではなかったが、志乃は杏奈にことわった。

「ごめん、あそこにいるクラスの子に、ちょっと話があるから、先にいくね。」

とまどった顔をした杏奈から、志乃はそそくさとはなれた。

6 たのしさ、ぶちこわし

夏休みがはじまった。

優子(ゆうこ)は七月中、ラジオ体操(たいそう)と学校の水泳教室にかよい、宿題はほとんどしなかった。家にいる時間の大部分を、イラストの練習にあてた。下田(しもだ)さんが歯(は)ぎしりするほど、二学期に腕(うで)をあげていたい。

八月に入ってお盆(ぼん)が近くなると、パパの夏休みにあわせて、パパが単身赴任(たんしんふにん)している市へ一人ででかけた。パパが住んでいる、会社の単身赴任用のマンションに二泊(はく)して、パパのいなかにむかう予定だった。ママとはむこうで合流する。

一学期のあいだ、パパもママもけっきょく一度も帰ってこられなかった。電話はなんどもあった。おばあちゃんの耳が気になって、優子はあたりさわりのない話題をえらんで話した。

おばあちゃんのイタリア旅行のことを、パパに相談しよう。その決意を胸に優子は列車をのりついで、夕方に駅に到着した。パパが改札でまっていてくれた。ニコニコして手をふっているパパは、なんだか親戚のおじさんみたいで、なんとなくはずかしくて、せおっていたリュックをパパの手におしつけた。

「パパ、太ったんじゃない？　毎日、ビールをガバガバのんでるんでしょ。」

「ばれたか！　優子は元気そうだな。連休にママのところにいったんだろ？　ママ、がんばってたか？」

優子は言葉をすこしさがした。

「なんかね、モテてた。」

パパはわらった。

「そりゃすごい。モテモテのママを見られて、優子もうれしかっただろう。」

「そうかな。あたしのママじゃないみたいだった。」

パパはわらいとばし、話をかえた。

「あした、水族館にいこう。前売りチケットを買ってあるんだ。」

「ほんと？　やった！　いく！」

ファミリーレストランで夕飯をすませ、マンションでいっしょにテレビを見ていたら、パパの携帯電話が鳴った。

電話にでたパパが「えっ」と声をあげた。「うん」をくりかえし、「わかった」で通話をおえた。優子にむかっていきなり両手をあわせた。

「優子、わるい。会社でトラブルだ。あした出勤になった。」

「えー！　水族館はどうするの？　あさっては朝はやくでかけるんでしょ？　見にいけないの？」

優子は冷蔵庫のとびらに磁石でとめた、水族館の前売りチケットをゆびさした。

パパはなにやら考えていたが、「よし」というと、携帯電話でだれかに電話をかけた。

「あ、神崎さん？　吉成です。休みのところ、もうしわけない。あのさ、あしたってひま？　あ、ひまなんだ。急でわるいんだけど、うちのむすめに一日つきあってやってくれないかな。あした、水族館につれていく予定だったんだけど、工場で欠品でちゃったみたいで、おれ、あした、いってこなくちゃいけないんだ……。」

優子は耳をそばだてた。神崎さんって、だれ？

電話をきったパパは、ほっとした表情だった。

「優子、水族館にいけるぞ。パパの会社の女の人が、つれていってくれるって。」

優子の小鼻がうごいた。

「会社の女の人って？」

「事務の若い女の人だ。あしたの十時にむかえにくるって。」

優子の胸がざわついた。どうしてパパは、その若い女の人にたのんだのだろう。まさか……。

「あたし、若い女の人より、イケメンがいい。」

むすっとして優子がいうと、パパがへらへらわらった。

「目の前にいるじゃないか。うちの会社でいちばんのイケメンは、パパでーす。」

くだらない冗談を、優子はあらい鼻息で、「ふんっ」とふきとばした。

つぎの日、リビングのかたすみに布団をしいてねていた優子は、半そでワイシャツにネクタイをしめたパパにおこされた。

「優子、八時だぞ。パパ、仕事にいくからな。十時ごろ、神崎さんがくるから、水族館につれていってもらえ。くれぐれも失礼のないように。ほしいものがあったら、これで買え。買ってもらうなよ。」

五千円札をテーブルにおいて、パパはでかけていった。

おきて布団をたたむと優子は、テレビのワイドショーを見ながら、パパが用意してくれたトーストとカフェオレと目玉焼きの朝食をとった。

九時をすぎたので、そろそろでかけるしたくをしようと思っていると、玄関でブザーが鳴った。

優子はインターホンの受話器をとった。

「はい。」

きれいな声がかえってきた。

『優子ちゃん？　おとうさんの会社の、神崎ルミです。』

玄関のドアをあけると、ほっそりした体型に、水色のワンピースをきた神崎さんが、通路に立っていた。胸もとで長い髪が、きれいなウエーブをえがいている。

「あ、おはようございます。」

「おはよう。きょうはよろしくね。」

「いま、したくしてきます。」

「あ、ゆっくりでいいよ。ちょっとはやくきちゃったから。なかでまたせてもらうね。」

優子がどうぞといわないうちに、神崎さんは白いサンダルをぬぎ、「あー、エアコンの風、生きかえる」なんていいながら、家にあがった。

優子は冷蔵庫のとびらからチケットをはがし、パパがくれた五千円といっしょに財布にしまった。そしてハンドタオルや手帳といっしょにポシェットにいれた。

パパの寝室できがえてくると、神崎さんが見あたらない。トイレにでもいったのだろうか。

廊下のようすをうかがうと、「いかにもわびしい一人ぐらしって感じ」とつぶやく神崎さんが、洗面所からでてきた。優子に気がついて、明るくいいつくろう。

「手をあらわせてもらったの。麦茶かなにか、あったらもらえる？」

なんであたしがと思いながら、優子は冷蔵庫をあけて、ペットボトルの麦茶をコップにそそいだ。ソファーでくつろぐ神崎さんのところへもっていった。

こくこくとかわいい音をたてて、神崎さんが麦茶をのんだ。〈ぶりっこ〉という言葉が、優子の頭をよぎる。

麦茶をのみおえた神崎さんは、きょろきょろと部屋のなかをみまわした。「地味にくらしてるなあ」「これじゃ、さびしくもなるはずね」などと、ひとりごとをいい、優子に空のコップをかえすと立ちあがった。

「それじゃ、いこうか。」

外は予想以上の猛暑だった。道路でかげろうがゆれ、街路樹ではミンミンゼミとアブラゼミが大合唱をしていた。道ゆく人のだれもが、ハンカチで首の汗をふいたり、扇子で顔をあおいだりしている。

「あ、帽子をわすれてきちゃった。」

優子がいうと、神崎さんが「だいじょうぶ」といって、さしていた日傘にいれてくれた。それから道路にむかって右手をあげた。

「バスでいくんじゃないんですか？」

「汗かくの、きらいなんだ。心配しないで。優子ちゃんのおとうさんに、タクシー代ちゃんともらうから。」

タクシーのうしろの座席にならんですわり、優子は窓の外の景色をながめた。大通りにそって高いビルがならび、しかし企業のほとんどが夏休みとあって、歩道を歩く人は少ない。

運転手が愛想のよい声できいた。

「ずいぶんと若いおかあさんですね。お子さん、六年生くらいでしょ？」

神崎さんが、かんだかい声でわらった。

「やだぁ。あたしたち、親子に見えます？」

「ちがうんですか？」

「ちがいますよ。ぜんぜん似てないじゃないですか。」

似ていてたまるかよ、と心のなかで毒づき、優子は窓のほうに、いたいくらい首をまげた。

タクシーは大通りをぬけると、海沿いの国道を走った。国道のすぐ横は白い波がうちよせる海水浴場で、おおぜいの人が水あそびをたのしんでいた。

道ばたに〈水族館まで直進一キロ〉と大きな表示がでていた。まもなく前方に、ドーム型の白い大きな建物が見え、入口でイルカとアシカの人形が、お客さんをまっていた。

タクシーからおりると優子は、運賃の支払いをしている神崎さんにかまわず、チケット二枚ともスタッフにわたし、さっさと水族館に入った。神崎さんが追いかけてくる。

「優子ちゃん、まってー。」

しかし優子は無視した。二人で「あの魚かわいいね」なんていいあいながら、見てまわる気はさらさらなかった。一人で、どんどん順路をたどった。

広い館内にはたくさんのお客さんと海の生き物がいた。いちばんの見どころは全長二十メートルをこえるガラスの海底型トンネルだ。むれておよぐイワシ、猛スピードのマグロ、ノコギリエイ、マンタ……、その大きさと迫力に、優子の口はひらきっぱなしだった。

ひととおり見おわって、イルカとアシカのショーがおこなわれるプールへいった。午前の部はすでに申しこみがいっぱいだった。

追いついた神崎さんが提案した。

「一時半からのを予約して、先にお昼を食べようよ。」

優子はうなずいた。

係の人から整理券を二枚もらった。神崎さんが、その人にきいた。

「お弁当を食べるところってありますか？」

優子はびっくりした。神崎さんがお弁当をつくってくるなんて、思いもよらなかった。水族館にあるレストランで食べるのだとばかり思っていた。つんけんした態度をとったことが、急にもうしわけなくなる。

「ロビーか、中庭で食べてくださいだって。どっちにする？」

「暑いし、ロビーがいい、です。」

外から見たドーム型の一階がロビーだった。壁にそってカーブをえがく長いソファーがあり、数組のお客さんがお弁当を食べていた。

「すわってて。飲み物買ってくる。なにがいい？」

「あ、あたし、自分で買います。」

「子どもは遠慮しないの。」

優子はコーラをたのみ、長いソファーのまんなかあたりにすわった。まもなく神崎さんが、ストローをさした紙コップを両手に、よろよろ歩いてきた。サンダルのほそいかかとがあぶなっかしい。

「おまたせ。食べよ。」

神崎さんがバッグから、かわいいランチボックスをとりだした。なかに入っていたのはサンドイッチで、ちゃんと保冷剤でひやしてあった。

「いただきます。」

サンドイッチをひと口かじって、優子は思わずつぶやいた。

「おいしい。」

ライ麦パンにレタスとアボカドと、オーロラソースであえたエビがはさんであった。

神崎さんがおもしろそうにわらった。

「やっぱり親子ね。好み(この)が似(に)てる。そのエビとアボカドのサンドイッチ、吉成課長(よしなりかちょう)の大好物(だいこうぶつ)。」

え？

優子(ゆうこ)は手にしたサンドイッチをじっと見つめた。このサンドイッチが、パパの大好物？

神崎(かんざき)さんがピンク色のくちびるの両端(りょうはし)を、くいっと上にまげた。

「あたし、吉成課長にときどきお弁当(べんとう)をつくってあげてるの。課長、一人ぐらしで、手づくりの味に飢(う)えてるみたい。優子ちゃんのママって看護師(かんごし)さんで、いそがしいんだってね。いまは、優子ちゃんをおばあちゃんにあずけて、課長には単身赴任(たんしんふにん)をさせて、東北の過疎(かそ)の村ではたらいてるってきいた。すごいよねー。自分のやりたいことが最優先(さいゆうせん)なんだもんね。あたしだったら、とってもできないな。だってすきな人をささえたいし、子どもとはなれていたくない。優子ちゃんのママって、心が鉄でできてたりして。」

ママの悪口を目の前でいわれたのは、うまれてはじめてだった。食べかけのサンドイッチをもつ手がこわばる。ぎこちなく膝(ひざ)においた。

「あれ？　もうおなかいっぱい？　せっかくつくったんだから、それ食べちゃって。」

ペンギンプール
ふれあいコーナー

義務感でのこりのサンドイッチを、優子は口におしこんだ。ろくにかまずに、コーラでながしこんだ。

ふと、神崎さんの手もとが目に入った。ほっそりした指先に、白いマニキュアがきれいにぬられていた。

連休のときに見たママの指が頭にうかんだ。力が強そうな太い指、短いつめ……。

くやしさに、のどの奥があつくなった。神崎さんにいってやりたい。ママの心が鉄でできてるはずないじゃん。休みの日だって、患者さんのためにはたらいてるんだよ。そんなこというあんたのほうこそ、心が氷でできてるんじゃないの？

ふくれてきたなみだを見せるわけにはいかない。ふかくうつむいて、優子は紙コップを、ソファーにおこうとした。その瞬間に、指から力がぬけた。

「あっ！」

紙コップがソファーにおちた。たおれてプラスチックのふたがはずれ、コーラが床にながれでた。黒いしぶきがとび、神崎さんの水色のワンピースにしみをつける。

「きゃっ！」

神崎さんがあわててバッグから、ポケットティッシュをとりだして、ワンピースをふいた。「やだぁ、もう」と泣き声になっている。優子はわれにかえってあやまった。

「ごめんなさい。」

ぞうきんをもった係の人がきた。優子たちに場所をうつるよういい、よごれた床とソファーを、あっというまにきれいにした。

神崎さんは立ったまま、ハンドタオルでまだワンピースをふいている。所在なげに立っている優子を、ちらっと見た。舌うちがきこえたような気が、優子はした。

「イルカショー、キャンセルさせてもらっていい？　このワンピース、はやく帰ってクリーニングにださないと、シミになっちゃうから。」

しらけた雰囲気でタクシーにのり、パパのマンションまでもどった。優子をおろすと神崎さんは「じゃあね」とだけいって、そのままいってしまった。

家で一人になると空腹を感じて、優子はリビングの棚にあったポテトチップスを、テレビを見ながら食べた。

暗くなると夕食を食べて、シャワーをあび、パジャマにきがえてまたテレビを見た。

八時ごろ、パパが帰ってきた。トラブルがうまく解決したらしく、上機嫌でネクタイをゆるめた。

「水族館、どうだった？　マンタ、デカかったか？　イルカショーは？　神崎さん、いい人だっただろう？」

テレビの画面から目をはなさず、優子はすべての質問にひとことでこたえた。

「べつに。」

「夕飯まだだろ？　なにか食べにいこうか。」

「冷凍チャーハン、チンして食べた。もうねる。」

テレビをけして、部屋のすみに三つに折りたたんだ布団をひっぱった。

「あした、何時出発？」

「六時ころ、かな。ほんとにもうねるのか？」

「ねる。六時ね。」

パパがワイシャツをぬいだ。優子はパパの体に目をはしらせた。ズボンのベルトがきつそうだ。おなかがずいぶんでている。

ふしぎに思った。神崎さん、こんなおじさんにお弁当をつくってあげて、なにがうれしいんだろう。山口さんも、ママみたいなおばさんとお酒をのんで、なにがたのしいんだろう。

布団に入って、わすれちゃいけない質問を思いだした。

「ねえ、あたしがパパと、ここでくらしたいといったら、どうする？」

あごがはずれそうなほどの大あくびをしていたパパが、なみだ目を優子にむけた。

「うーん。総合的に考えてちょっとむりだな。どうした？　おばあちゃんとケンカしたか？」

こたえずに、優子はかさねてきいた。

「こっちに、いつまでいるの？」

パパがまた「うーん」となった。

「来年いっぱいか、もうちょっと先か……優子、ほんとにどうした？　学校でなにかあったのか？」

優子は首を横にふって、タオルケットを頭からかぶった。

7 いかりのサンセットクルーズ

アロハシャツをきた男の人が、ものがなしいメロディをウクレレでかなでていた。その音色にあわせて、赤いハイビスカスのレイを首にかけた女の人が、しなやかに腕をうごかしておどっていた。

乳白色のポタージュを、スプーンですくって杏奈は口にはこんだ。とろりとしていてあまみがあって、とてもおいしい。

おとうさんとおばあちゃんとハワイにきて四日め、きょうは最後の夜だった。おばあちゃんの希望でサンセットクルーズとしゃれこんだ。杏奈はいま、豪華ディナー客船〈プルメリア号〉のレストランにいた。

船は夕方にオアフ島の桟橋を出港し、ダイヤモンドヘッドが見えるコースをたどった。天候にめぐまれ、船のデッキにでると、夕日があたり一面を、黄金色にそめるようすをながめることができた。

夕日をたのしんだ後は、豪華ディナーのはじまりだ。船内レストランはほぼ満席で、外国語よりも日本語が多くきこえた。

スープのつぎに、大きなロブスターがはこばれてきた。つやつやとした真っ赤な殻に、杏奈は笑みをうかべた。さて、殻をどうやってむこうか。

おばあちゃんが話しかけてきた。

「杏奈、そのワンピース、すごく似合うわ。やっぱり女の子は、スカートがいちばんね。」

杏奈がきている白いワンピースは、おばあちゃんがきのう、オアフ島のショッピングモールで買ったものだった。やたらとたくさんついたレースとフリルと、ふくらんだスカートが、うごきにくいことこのうえない。

おばあちゃんがワイングラスを口にはこんだ。

「今回のハワイはほんとうにたのしいわ。気をつかう人がいないせいね。」

杏奈(あんな)はきこえないふりで、グアバジュースをのんだ。パパはさっきから無言(むごん)でワインをのんでいる。

お酒が、おばあちゃんの舌(した)をかるくしていた。

「杏奈、おとうさんのところにのこって大正解(だいせいかい)だったわね。あっちにいっていたら、ハワイなんてとてもつれてきてもらえなかったでしょうよ。ああ、守(まもる)もつれてきたかった。あの子、およぐのがすきだから、海で大よろこびしたわよ、きっと。考えているんだけど、いまからでも守も引きとれないかしら。こっちでそだつほうが、ぜったいにしあわせになれるにきまってる。高校だって大学だって、留学(りゅうがく)だってさせてあげられる。あの人は女優(じょゆう)の仕事を再開(さいかい)したようだけど、年(とし)もとってるし、華々(はなばな)しい活躍(かつやく)は期待(きたい)できないでしょ。」

ロブスターにのばしかけた手を、杏奈はとめた。

「おかあさんがお芝居(しばい)を再開(さいかい)したこと、どうしておばあちゃんは知ってるの？」

おばあちゃんがしまったというふうに、口に手をあてた。

「ちょっときいたのよ。」

「だれから？」

「……。」

「もしかして、おかあさんがでるお芝居の、チケットが入ってる手紙、あけたの？」

目をそらしたおばあちゃんを、杏奈は問いつめた。

「あたしにとどいた手紙を、どうしておばあちゃんがあけるの？　それってプライバシーの侵害だよ。チケット、日本に帰ったら、かえして。」

「もうないわ。」

「ないって、どういうこと？」

「すてた。」

杏奈は大きな声がでた。

「どうして？」

おばあちゃんが顔と声をきびしくして、得意のセリフをならべた。

「よけいなことに首をつっこんで、杏奈に心をみだしてほしくないからよ。そんなことより、勉強とかスポーツとかをがんばってほしいの。おばあちゃんにはね、杏奈をりっぱな人にそだてる責任があるんですから。」

いい塾でしっかり勉強して、いい高校に入ってほしい。大学でもがんばって勉強して、ゆくゆくは会社をついでほしい。立ちふるまいの美しい、女らしくてすてきな女性になってほしい……。

立て板に水だった。杏奈はおとうさんに、目でたすけをもとめた。おばあちゃんをだまらせて。

しかしおとうさんは、無表情でワイングラスをかたむけている。まるでこの場に、一人でいるかのようだった。

杏奈の胸がつまった。おとうさんはいつもこうだ。知らんぷりをきめこんでいる。おかあさんが家をでていったのは、おばあちゃんのせいだけではない。我関せずのおとうさんも、おかあさんはいやだったのだ。

おばあちゃんが自信たっぷりにほほえんだ。

「わかった？　おばあちゃんのいうことをきいていれば、まちがいないのよ。その証拠にほら、おばあちゃんがいこうっていったから、こんなにすてきなサンセットクルーズに、これたじゃないの。」

むんずと、杏奈はロブスターをつかむと、頭と胴体を両手でもち、力まかせにねじった。胴体からばりばりと殻をむいた。白くてやわらかそうな身にかぶりつき、口に入った殻を、ぺっと皿にはきだした。ロブスターの汁がひじまでたれてきて、白いワンピースに一滴二滴とおちたが、かまわずに食べきった。

よごれた手でパンをつかみ、前歯でがぶりとやった。それからグラスにじかに口をあてて、グアバジュースをごくごくのんだ。となりのテーブルで外国人のカップルが、まゆをひそめてこっちを見ていたが、かまうもんかという気持ちだった。この船のなかにいる人たち全員に、行儀のわるい自分を見せつけたい。

いどむような目つきで、おばあちゃんを見た。

おばあちゃんは表情をこおらせていた。おとうさんは？

なにもおきていないかのようだった。おとうさんは自分のグラスに、しずかにワインをそそいでいた。

8 グチってもはじまらない

あと六日で、夏休みがおわる。

ハワイから帰ってきた杏奈(あんな)が、読書感想文用の本を読んでいると、優子(ゆうこ)から電話がかかってきた。

『いまなにやってんの?』

「読書感想文を書こうとしてるとこ。」

『がんばってるね。あのさ、パパのいなかで買ってきたおみやげがあるんだ。ご当地クッキーなんだけど、わたしたいから会えない?』

「あたしもハワイのおみやげをわたしたいと思ってたんだ。あのあき家(や)で会おうよ。あしたはどう?」

『いいよ。あたし、杏奈ちゃんに話したいことがあるんだ。』

「あたしも優子ちゃんに話したいことある。じゃ、あしたの十時にあき家で。志乃ちゃんにも、声かけるね。」

『志乃ちゃんもよぶの?』

「だめ?」

『いいけど……。』

つぎの日の午前十時ちょっと前に、杏奈はあき家にやってきた。リビングのこわれたサッシ戸からなかに入り、二階にあがった。朝からくもり空で、この時期にしては気温が低かった。道に人がいないか外を気にしながら、窓をすこしあけると、心地よい風が入ってきた。

階下で優子の声がした。

「杏奈ちゃん?」

「二階にいるよー。」

階段をのぼる音がして、優子がきた。

「ひさしぶりー。きょう、すずしいね。」

「志乃ちゃんはすこしおくれるって。」

「じゃあおみやげ、先にわたしちゃう。志乃ちゃんには買ってこなかったんだ。」

杏奈が優子からもらったクッキーをバッグにしまったとき、階下で足音がした。

「志乃ちゃんだ。二階だよー。」

杏奈が階下に声をかけると、まもなく志乃があらわれた。

「こんにちは。おそくなってごめん。」

「あれ？　夢ちゃんは？」

「パパのところにあそびにいってる。」

杏奈は二人に、ハワイアンキルトをほどこしたポーチをわたした。

「ありがとう。あたし、どこにもいってないから、あげるものがないんだ。杏奈ちゃん、ハワイ、どうだった？　優子ちゃんはおとうさんのいなかにいったんだよね。」

スナック菓子の袋をバリバリあけて、優子が重い口をひらいた。

「じつは……。」

水族館でのできごとと、ついでに連休のできごとも、それからばあばのイタリア旅行のことも、優子は二人にうちあけた。

「パパもママも、一人ぐらしでたのしそうだった。あたしがなやんでるなんて気づきもしないの。けっきょくどっちにも、ばあばのイタリア旅行のこと、相談できなかった。」

杏奈も〈プルメリア号〉でのできごとを、二人におしえた。

「ハワイにきてまで、どうしてこんないやな気持ちにさせられなきゃいけないのって、ほんとうに腹が立った。おばあちゃんもおとうさんも、大きらい。」

志乃がきく。

「杏奈ちゃんは、なんでおとうさんとくらすことにしたの？」

杏奈は口ごもった。

「……あたし、おかあさんに対していじわるな気持ちがあったんだよね。おかあさんがあたしをおいて、守だけつれて家をでたのがゆるせなくて、しかえししたい気持ちがあったの。あたしがおとうさんのところにのこるといったとき、おかあさん、がっかりしてた。あたしそのとき、いい気味って、ちょっと思ったんだ。」

優子がうんうんとうなずいた。

「その気持ち、わかる。あたしもパパとママに対していま、ゆるせない気持ちになってる。二人ともかってにすれば、みたいな。」

杏奈がこまったように首をかしげた。

「そのゆるせないとは、ちょっとちがう気がするけど。あたしは、おかあさんをゆるしてるよ。あたしの学校のことを考えて、守だけつれていったんだってわかる。学校の長い休みをまてないくらい、おかあさんが追いつめられてたってことも。でも、でていくなら、やっぱりひとことほしかった。」

はあーと、声にだして優子が息をはいた。

「あたしたち、こんなへんな家でそだって、ちゃんとした大人になれるのかな。なにかをきっかけにして、グレちゃったりして。」

志乃がはげました。

「だいじょうぶだよ。どんな環境でそだっても、なろうと思えばちゃんとした大人にな

れる。そういう人、あたし知ってる。それより二人は、不満をどうして親にいわないの？」

　二人がぽかんとした。

「親にいうって、あたしたちが？」

「うん。」

　優子と杏奈が顔を見あわせた。なさけないわらいをうかべあっている。

「いえないよ。ねえ。」

「うん。いえない。むり。」

「どうして？」

「だって……いってもどうせきいてもらえないもん。」

「反抗期、ですまされちゃうよ。」

　志乃が力をこめていった。

「でも、自分の居場所は自分でつくらないと。グチをいってるだけじゃ、なにもはじまらないよ。」

優子がくすっとわらった。

「志乃ちゃん、きょうはなんかあついね。自分の居場所は自分でつくるって、どこでそんなかっこいいセリフおぼえたの？」

「それは……。」

堀さんの奥さん、朝子さんの受け売りだった。

じつをいうと志乃は二人に話せない秘密を、このあき家に関してかかえていた。

お盆のすこし前のことだ。

夏休みに入ってからなんどかアパートをたずね、堀さんの奥さんの朝子さんとすっかりなかよしになった志乃は、この日も夢果をつれてアパートにあそびにでかけた。堀さんは仕事で、志乃たちは朝子さんと、スーパーに買い物にでかけた。

歩いていると、朝子さんが道の両わきにならんだ家をちらちら見る。志乃の視線に気がついて、えへへとわらった。

「いつか家を買いたいんだよね。中古の小さい家でいいの。でも高くて。」

志乃はひらめいた。

「あたしの友だちのおとうさん、駅前の〈三屋不動産〉の社長だよ。このあいだ、その友だちにあき家につれていってもらったんだけど、売れてなければ、なかに入れるかも。いってみる？」

朝子さんの目に興味とためらいがうかんだ。

「そんなことしておこられない？」

「たぶんバレない。」

「じゃあ……、ちょっとだけ。」

朝子さんを案内して、志乃はあき家にいった。以前に杏奈がつかった方法で家にあがった。真夏に密閉された家のなかは、空気がむせるほどあつく、すぐに体中に汗がふきだした。

赤ちゃんをだっこした朝子さんは、足音をしのばせて一階と二階をくまなく見てまわった。

「いいね。三人ならじゅうぶんな広さ。」

「駐車場がないから、なかなか売れないんだって。だからそんなに高くないんじゃないかって、友だちがいってた。」

「なるほど。でもねえ。」

むずかしそうに考える。

「健人くんのお給料だけで、ローンをかえしていくのは、やっぱりきびしいのよね。頭金もじゅうぶんじゃないしね。それに、わたしも健人くんも、親からの援助は期待できない。」

志乃は、かるい気持ちできいた。

「朝子さんの親も、離婚してるとか？」

朝子さんがあっさりこたえた。

「あたしに親はいない。あたしはね、すて子。乳児院の門のところに、おくるみにつつまれた状態で、おきざりにされていたんだって。身もとを確認するものがなにひとつなくて、朝にひろわれたから、朝子になったの。一歳になると養護施設にうつされて……。あたしと健人くんは、同じ養護施設でそだったんだよ。」

志乃はうろたえた。堀さんと朝子さんが同じ養護施設でそだったことにもだが、すて子という言葉は、テレビドラマのなかにしかでてこない気がしていた。あせってへんな質問がでた。

「そのときからつきあってたの？」

まさかと、朝子さんはわらった。

「中学を卒業すると、あたしは国の制度をつかって、施設から高校にかよったんだけど、健人くんは、再婚したおかあさんのところにもどったの。おかあさんの再婚相手がわるいやつで、健人くんをはたらかせて、家にお金をいれさせるために、引きとったみたい。でもいまどき中卒で、いい仕事なんてあるわけないでしょ。いろんなところではたらいたけど、どこにいっても、考えられないくらい安い給料でこきつかわれたって。このころのこと、健人くんはあんまり話したがらないんだよね。」

高校を卒業した朝子さんは、印刷会社に就職した。しかし不景気のあおりをうけて会社が倒産し、仕事をもとめて都会にでた。

「いろんな会社の面接をうけたよ。でも、やとってくれるところはなかった。一泊四千円の女性用カプセルホテルに寝泊まりしてたんだけど、おそろしいいきおいでお金がなくなっていくの。とりあえずのつもりで、日雇いの引っこしアルバイトをはじめたら、そこで健人くんとバッタリ。彼は家をとびだして、ネットカフェでくらしながら、日雇いのバイトをしてた。夕飯をいっしょに食べたの。おたがいに境遇を知ってるから、いっしょにいてすごく楽だった。」

交際がはじまり、数年後、二人は結婚した。育人くんがうまれ、堀さんはラビット配達のドライバーになった。朝子さんは、いまは育児に専念しているが、いずれは育人くんを保育園に入れて、はたらきにでたいと思っている。

「健人くんはね、いま、通信教育で高校の勉強してるんだ。やっぱり高校は卒業しておきたいからって。」

ききおえた志乃は、しみじみとうなずいた。

「朝子さんも堀さんも、いろいろたいへんだったんだね。」

志乃の言葉に、朝子さんは「まあね」といって、育人くんをだきなおした。

「悲劇の主人公を気どっていてもしかたないよ。たすけてくれる人はかならずいる。福祉の制度もある。いろんな力をかりて、自分の居場所は自分でつくればいいの。そのために、まずは自分がうごかないと。」

自分の居場所は自分でつくる。

まずは自分がうごく。

その言葉は志乃の心にのこった。朝子さんがいった言葉だからこそ、重みがあった。

たしかに考えてばかりいても、事態はかわらない。まずは一歩、自分で前にでてみる。

手さぐりでも、こわごわでもいいから。

「志乃ちゃんってば、きいてる？」

優子の声に、志乃は、はっと我にかえった。

「なに？」

優子がうきうきと説明した。

「杏奈ちゃんの提案で、あした、気分転換に三人で、T市にあそびにいこうって話。服とかいろいろ見てまわって、ランチ食べるの。たのしそうでしょ？」

二人はすでに、いく気まんまんだった。

「あたし、アニメショップにいきたい。」

「映画観(えいがみ)たい。」

はしゃぐ二人を、志乃(しの)はさめた目で見た。さっきまで不満(ふまん)たらたらだったのに、ショッピングだランチだと、うかれている。

「あたしはいかない。ほしいものないし。それより二人のなやみって、あそびにいけばなくなるの？」

杏奈(あんな)がしゅんとなった。

「なくなるとは思ってないけど。」

志乃は強い口調(くちょう)で二人にせまった。

「二人とも、なやんでること、おとうさんとおかあさんにいわなきゃだめだよ。親なんだから、相談にのってもらわなきゃ。」

優子(ゆうこ)がむすっとしてこたえた。

「いえない。」

「どうして？」

「どうしても。」

志乃(しの)が声を大きくした。

「いえないんじゃなくて、いわないんでしょ。」

ずばずばつづけた。

「二人とも、人のせいにばかりしてる。悲劇(ひげき)の主人公になって、自分はうごかないで、わかってほしがってばっかり。」

優子(ゆうこ)がまゆをつりあげた。

「なによ、そのいいかた。だったら志乃ちゃんは、おかあさんに、家がいやだからでていくっていって、はやく一人ぐらしはじめなよ。志乃ちゃんは強いからできるよ。でもね、みんなが志乃ちゃんみたいに、強くないよ。いいたいことをいえずに、がまんしてる人だっているんだよ。」

「がまんしてなにになるの？　二人とも、ずっとがまんしてくらすの？」

優子が言葉につまった。杏奈(あんな)がおろおろしてあやまった。

「ごめん。あたしがあそびにいこうなんていったから。」

優子がさえぎった。

「杏奈ちゃんがあやまることないよ。志乃ちゃんには、あたしたちの気持ちなんてわかんないんだ。志乃ちゃんって、なんか上から目線。そんな人といっしょにあそびにいってもたのしくないよ。二人でいこう。」

志乃が立ちあがった。

「かってにすれば。」

トートバッグを肩にかけ、志乃は足ばやに階段をおりていった。

9 てりやきバーガー

朝の九時に、優子と杏奈は駅でまちあわせて電車にのった。通勤ラッシュがおわった電車は空席が多く、四人がけの席に二人ですわれた。

「午前中は映画を観て、ランチして、午後はショッピングね。」

「まだ九時だから、けっこうあそべるね。」

二人は県内でいちばん大きなT市にむかっていた。駅前に映画館や大きなショッピングビルがいくつもある。

「優子ちゃん。おばあちゃんになんていってきた？」

「杏奈ちゃんと図書館で宿題をするって。杏奈ちゃんは？」

「優子ちゃんの家でいっしょに宿題やるって。」

「あたし、お昼にコンビニでパンを買うからって、五百円もらった。」

「やるね。あたしもいえばよかった。」

電車にゆられること数十分、二人は目的地に到着した。きょうも朝から猛暑で、ビルにかこまれた駅前の大きな交差点では、ノーネクタイ姿のおおぜいのサラリーマンたちが、太陽のまぶしさに顔をしかめながら、信号がかわるのをまっていた。

評判の外国のアニメ映画を観て、映画館からでてくると、正午だった。

「おなかすいた。ランチにしようよ。」

「そうだね。なに食べようか。」

映画館横の大きなファッションビルに入った。上の階がレストラン街だ。一階の案内板でお店にねらいをつけ、エレベーターにのった。

ところがパスタのお店もオムライスのお店も、行列ができていた。ならんでいるのは大人ばかりで、敷居が高い。

「やめとかない？」

「値段も高いしね。」

「一階に、マック・バーガーがあったよ。」

「そこでいいか。」

ビルの一階にあるハンバーガーのチェーン店へ、二人は入った。住んでいる町の駅前にある支店と、つくりがほとんど同じだった。小さな子どもとおかあさん、若いカップル、高校の制服をきた女の子たち……二人は安心して注文カウンターにならんだ。

「あたしがまとめて注文するから、優子ちゃんは席とってて。なににする？」

「んーと、てりやきバーガーのセット。」

窓ぎわのカウンター席で優子がまっていると、杏奈が二人分のてりやきバーガーセットがのったトレイをかかげて、ゆっくりと近づいてきた。

「おまたせ。」

「重かったでしょ、ごめんね。」

二人は表通りをながめながら、てりやきバーガーを食べた。若い女の子たちが、スカートのすそをひらひらさせてとおった。花屋さんの店頭で、色とりどりの花が夏の日ざしをあびている。

優子がコーラのストローをくわえたままでいった。

「志乃ちゃんにはわるいけど、二人できてよかった。」

「そう？」

「志乃ちゃんって、なんかつきあいづらい。あたし、ケンカしちゃったし。もともと友だちじゃないんだから、二学期からつきあうのやめない？」

杏奈は無言でポテトをつまんだ。

あたしは志乃ちゃんとケンカしてないけど。

優子は幼いころから気心が知れた存在で、いっしょにいるといじめを回避できるという利点があった。おばあちゃんも、優子とあそんでいる分には注文をつけない。

それにしても、このごろ二人でいるときに感じるこの気づまりはなんだろう。優子のアニメの話についていけない。洋服やアイドルの話をしても、優子はのってこない。

志乃がいると、風とおしがよかった。志乃ともっと話をしたい。離婚した両親に対して、どんな思いをいだいているのか、本音をきいてみたい。

相談したいこともあった。おとうさんとくらすと告げたときの、おかあさんのがっかりしたようすが、目にやきついてきえてくれない。おかあさんをえらばなかったことが、うしろめたい。これからどんなふうにつきあっていけばいいのか、志乃ならばアドバイスをくれそうな気がする。

優子がてりやきバーガーにかぶりつき、もぐもぐとほおをうごかした。

「いつも食べている味だけど、きょうはすごくおいしい。このあと、画材屋につきあって。」

杏奈は「いいよ」といって、てりやきバーガーをかじった。

そのころ志乃は、仕事場にいるママに声をかけていた。

「ママ、お昼どうする？」

ふすまごしに「ハンバーガー買ってきて」という声がかえってきた。

「駅前のマック・バーガー？」

「うん。」

ふすまがひらいて、ママがぬっとでてきた。きょうはそうじのアルバイトが休みなので、夜中から翻訳の仕事にかかりきりだった。頭をねじりタオルでしばり、よれよれのシャツにスウェットのズボンをはいていた。おでこに大きなふきでものがある。目の下にくまがういている。

ママがふたつ折りの自分の財布から、千円札を二枚引きぬいた。

「ママはダブルてりやきバーガー。あんたはすきなの。」

「夢のは？」

「いらない。」

お金の入った財布を手さげにいれて、志乃は外へでた。自転車をとばして、駅前にむかった。

マック・バーガーで、注文カウンターに直行した。

「ダブルてりやきバーガーセットをひとつと、ふつうのてりやきバーガーセットをひとつと……アップルパイをふたつ。」

アップルパイのひとつは、夢果の分だ。夢果はおとといから、城ノ内さんの家にあそびにいっていて、そろそろ帰ってくるころだった。冷蔵庫にアップルパイを発見したら、きっとよろこぶ。

できたてのぬくもりがつたわってくる紙袋を手に、志乃は店をでた。自転車のかごに紙袋をいれて、ゆらさないようにしずかにペダルをふみ、家にもどった。

「ただいま。」

あけっぱなしのふすまのむこうに、机にむかうママのうしろ姿があった。いすにあぐらをかいて、キーボードをたたいている。パソコンの画面には文字がずらずらとならび、辞書、事典などが床にちらばっている。

「先に食べてるよ。」

「へーい。」

志乃はダイニングテーブルで、てりやきバーガーを食べた。あまからいしょうゆ味に、両方のあごがいたくなった。

ママがきて、自分のいすにどさっとすわった。ねじりタオルをはずして、頭をばりばりとかいた。

Milk

「おわったの？」

「まだ。あとすこし。いただきます。」

ママがダブルてりやきバーガーを手にとり、アップルパイに目をやった。

「二個？」

「一個は夢の分。城ノ内さんの家から、もう帰ってくるでしょ。」

ママはポテトをつまんで口にいれた。

「夢は、もう帰ってこない。」

「えっ！」

口に入っていたものをのみこみ、志乃はきいた。

「どういうこと？」

「夢は、城ノ内さんの家の子になるの。城ノ内さん、引っこすんだって。いまの奥さんが、夢も引きとって、みんなでくらそうっていってくれてるそうで、そういうことにきまったの。夢は城ノ内さんの家で、けっこうたのしくやってるみたいよ。いまの奥さんと連れ子さんを、すきだっていってたし。」

志乃は気色ばんだ。

「夢をすてるんだ。」

「すてるなんて人ぎきわるい。むこうでそだつほうが、ここであたしにそだてられるより、いいだろうって話。あんただってそのほうがいいでしょ。いつも夢のめんどうを、いやそうにみてたじゃないの。」

志乃はくちびるをむすんだ。そのとおりだった。あまったれでわがままで、どこにでもついてくる夢果を、じゃまだと思ったことは、一度や二度ではない。

それにしてもあまりにも急だった。

夢とこれからべつべつにくらす？

夢のめんどうをもうみなくていい？

夢ともう会えない？

いろんな考えが頭にうかんではきえ、気持ちがしずんだ。

「ママ。夢はほんとに、もう帰ってこないの？」

「うん。城ノ内さんが近いうち、夢の荷物をとりにくる。会わずにわかれたほうが、おたがい、いいでしょ。会えば、わかれが悲しくなっちゃうもん。」

「ママは、それでいいの？」

はやばやと食べおわったママが、包み紙をくしゃくしゃにまるめてゴミ箱にほうった。

「あたしは子育てがじょうずじゃないからね。せめて家にいようと思って、翻訳の仕事をがんばってきたけど、ぜんぜんうまくいってない。あたしの感情より、夢の将来のほうが大事だよ。実の親より、ちゃんとそだててくれる人。」

もうしわけなさそうにわらった。

「あんたはここにいるしかないから、わるいね。でも高校卒業したら、でていくでしょ？」

ママの声はなんだかつかれていて、志乃は胸がいたんだ。いつもよりひとまわり、ママが小さく見える。

「あたしがでていったら、ママは一人になっちゃうよ。」

ママがふふっとわらい、タオルをぎりぎりとねじった。

「親子なんてね、子どもが大きくなったら、つかずはなれずでちょうどいいのよ。あたしも高校卒業と同時に家をでた。あんたもそうしなさい。」

「ママは？　彼氏と住むの？」

頭にしばったねじりタオルで前髪をあげ、仕事部屋にむかうママがニヤッとわらった。

「いいねえ。料理つくってくれる年下のイケメンにしよう。」

ふすまがしまった。キーボードをたたく音がきこえてきた。

手にした包み紙に、ひと口分だけのこっていたてりやきバーガーを、志乃はじっと見つめた。すっかりさめて、茶色いてりやきソースと白いマヨネーズがまじりあい、マーブルもようをえがいていた。

アップルパイ、ふたつも、食べきれるかな。そう思い、志乃はてりやきバーガーの最後のひときれを、口におしこんだ。

10 スカウトされちゃった

画材屋で優子は、ほしかったスクリーントーンを買った。それから二人は、最近できたショッピングモールへいき、ＣＤショップや雑貨屋を見てまわった。

安くてかわいい服がならんだショップで、杏奈はショートパンツを試着した。

「わ、杏奈ちゃん、足長っ！」

「すごく似合う。そのまま、はいていったら？」

優子と店員さんのすすめもあり、値段が手ごろだったので杏奈は買うことにした。はいてきたキュロットを紙袋にいれてもらい、外にでた。

ショッピングモールをでると、優子が腕時計を見た。

「もう三時半だ。家に五時につくとして、地元の駅に四時四十五分にはつきたいから、そろそろ電車にのらないと。」

紙袋をそれぞれ手に、駅へと交差点をわたった。

「たのしかったね。」

「またこようよ。」

「ちょっと、きみたち。」

杏奈の肩を、だれかがたたいた。

二人がふりむくと、白いカッターシャツをきた若い男の人が、にこにこして立っていた。茶色にそめた髪をはやりのスタイルにカットしている。

「さっきからきみたちのこと、かわいいなと思って見てたんだけど、きみたち、芸能界に興味ない？」

シャツの胸ポケットから名刺入れをとりだした。〈パピパピ・プロダクション　織部祐一〉とある。

優子がまゆをひそめた。

「パピパピ、プロダクション？」

織部さんが得意そうに語った。

「テレビで活躍してる二木愛花ちゃんって知ってるよね？　あの子が所属してる芸能プロダクションが、うち。いま、愛花ちゃんにつづくアイドルをそだてようってことで、将来有望な女の子をさがしてるんだ。きみたち、やってみない？」

二木愛花ちゃんという名前に、杏奈のほおがぴくりとうごいた。愛花ちゃんは小学校四年生で、ドラマにバラエティにひっぱりだこの人気子役だ。つい最近はＣＤもだした。

織部さんが杏奈の肩をつかんだ。

「きみはぜったいにアイドルになれると思うんだ。足長いしさ、雑誌のファッションモデルなら、すぐにでもはじめられそう。どう？」

杏奈にかわって、優子がこたえた。

「どうといわれても……。」

織部さんはしかし、杏奈の肩から手をどかさない。

「事務所、すぐそこなんだ。話だけでもいいから、きいてみてよ。」

杏奈の腕を織部さんはつかみ、わたったばかりの横断歩道をもどりはじめた。杏奈のうしろ姿が、人のながれにのみこまれていく。

「杏奈ちゃん！」

優子はあわてて、杏奈を追いかけた。

雑居ビルがならんだ人どおりの少ない道を、杏奈は織部さんに引っぱられて歩いていた。織部さんは口笛をふいている。優子が杏奈にかけより、小声で話しかけた。

「ねえ、なんかヤバくない？」

「話をきくだけでしょ。」

杏奈の声ははずんでいた。なにしろスカウトされたのだ。それをきっかけに、芸能界で活躍しているタレントは多い。だれにもいったことがなかったが、杏奈は芸能界に、ひとなみ以上の興味をもっていた。もと女優のおかあさんの存在も、もちろん関係している。

織部さんが壁にひびが入った、古いビルをゆびさした。

「あそこだよ。」

ビルの二階の窓に〈パピパピプロダクション〉と、手書きの紙がはってあった。

シャッター横の急な階段を、織部さんがのぼった。階段は一人がやっとのぼりおりできるせまさで、なにより暗かった。

泥とほこりでよごれた階段をのぼる杏奈を、優子は道路から見あげた。いっしょにいくべきか、つれもどすべきか、判断にまよった。

織部さんが二階のいちばん手前のドアをあけた。ギイーッとさびついた金属の音が、あたりにひびきわたった。

その音をきいた優子の全身に、鳥肌がたった。とっさに階段をかけのぼり、杏奈の腕を強く引っぱった。

「きゃっ！」

杏奈が小さな悲鳴をあげたが、優子はかまわず走った。杏奈が引きずられるようについてくる。

「どうしたの、優子ちゃん。」

パピパピプロダクション
テナント
募

優子はあらい息をはきながら、とぎれとぎれにこたえた。

「愛花ちゃんが、あんな、きたない事務所に、所属してるはず、ない。あいつ、ぜったい、うそつき、だよ。いったら、ヤバいことに、なる。」

道の先に駅前の通りが見えた。たくさんの人と車が往来していた。まぎれこめば、にげきれる。

「あっ！」

優子が前にのめった。紙袋が手からはなれ、道路にぬいぐるみや雑貨がころがりでた。

「いたいっ！」

地面にたおれこんだ優子が、足首をおさえた。

「だいじょうぶ？」

「それより、おとしたもの、ひろって！」

杏奈が道路にちらばったものを、いそいであつめた。もうおちていないかと、地面に目をはしらせていると、二人のそばで、ききおぼえのある声がした。

「どうしたの？　ころんじゃった？」

近くで織部さんが、ズボンのポケットに両手をつっこみ、にこやかにわらっていた。足もとにおちていた消しゴムをひろい、身をよせあう二人に近づいてくる。

「そっちの子、ころんじゃったんだ。だいじょうぶ？　ってだいじょうぶじゃないか。事務所で手当てしてあげるよ。さ、おんぶして。」

織部さんが優子に背をむけてしゃがんだ。肩ごしにわらいかけるが、目がまったくわらっていない。マンガならば、先の割れた赤い舌が、口からのぞく展開だ。

「杏奈ちゃん。」

「優子ちゃん。」

ふるえながらあとずさりをした杏奈の背中が、なにかにぶつかった、同時にガシャンガシャンガシャンと、大音量の金属音が、二人の背後でひびいた。杏奈が背中でおした違法駐輪の自転車が、ドミノだおしをおこしていた。

とおりかかった板前さんがこっちを見た。すると織部さんから笑みがきえた。ちっと舌うちをしてすばやく立ちあがり、ビルの角をまがって姿をけした。

二人は大きく息をはきだした。

「たすかった。」

「いなくなった。」

板前のおじさんといっしょに、杏奈が自転車をおこしてならべた。それがすむと、ビルの壁につかまってようやく立っている優子にきいた。

「歩ける？」

優子はいためた足を地面にそっとついて、顔をしかめた。

「むり。」

杏奈はあたりを見た。板前のおじさんはもういない。だれもが無関心で、足ばやに二人の横をとおりすぎる。

「もう四時すぎてる。帰るのがおそくなっちゃう。がんばって歩けない？」

そういった杏奈を、優子はせめた。

「杏奈ちゃんがわるいんだよ。へんな男についていくからだよ。」

杏奈がしょんぼりして、頭をたれた。

「ごめん。こんなことになるなんて、思わなかったの。優子ちゃん、おばあちゃんに電話する？」

「だめ。図書館で杏奈ちゃんと宿題をするって、うそいったのがばれちゃう。」

「あたしもおばあちゃんには電話したくない。おとうさんは会社だし。」

八方ふさがりだった。優子はいためた足をうかせて立ちつくし、杏奈はくちびるをきつくむすんで、地面に視線をさまよわせている。

杏奈がかたい表情で、バッグから携帯電話をとりだした。ふたをあけて〈電話帳〉のボタンをおした。

「だれにかけるの？」

こたえずに、いままでに一度もかけたことのない、友だちの名前で登録してある短縮番号の〈1〉を、杏奈はおした。

11 どこへいったの？

てりやきバーガーを食べおえた志乃が、リビングのソファーで携帯ゲームをしていると、夕方になって電話が鳴った。

志乃は受話器をとった。

「もしもし。」

『志乃ちゃん？　城ノ内です。』

「あ、こんにちは。」

『こんにちは。あの、ちょっときくけど、夢、そっちにいってる？』

「きてませんけど。」

『あ、そう。ママ、いたらだして。』

志乃は子機を手にママをよんだ。

「ママ、城ノ内さんから電話。」

ふすまがあき、ママがむすっとして仕事部屋からでてきた。

「はい。かわりましたけど。」

受話器ごしに城ノ内さんの声が、もにょもにょときこえた。ママが「え」といって、表情をこわばらせた。志乃の心臓がドキリとうった。

「警察には？　あ、そう。とどけたのね。じゃあこっちでも家のまわりをさがします。」

ママが子機の通話ボタンをおして、電話をきった。志乃は胸を手でおさえて、ママの言葉をまった。

「夢がいなくなったんだって。二時間くらい前だって。」

志乃は大きな声をだした。

「いなくなったって、なんで？」

「城ノ内さん、夢とむこうの子を二人で留守番させて、買い物いったんだって。もどってきたら、夢だけいなかったんだって。」

城ノ内さんの話によると、同い年の子どもたちは最初、二人でなかよくあそんでいたらしい。そのうちに夢果が、こんなことをいいだした。

「あたし、ママとおねえちゃんに会いたい。そろそろおうちに帰らなくちゃ。」

「夢ちゃんのおうちはここだって、パパがいってたよ。」

「ちがうよ。あたしのおうちは、ここじゃない。」

「ここだよ。」

すると夢果はおこって「もう帰る」といいだし、家をでていった。

「それが二時間くらい前の話。城ノ内さん、家のまわりをさがしたけど、いないんだって。こっちにむかってるかもしれない。あたしたちも心あたりをさがそう。」

志乃はうわずった声で、城ノ内さんをせめた。

「城ノ内さん、無責任！　夢はまだ六歳だよ。そんな子に留守番させるなんて。」

「おこるのは後。とにかくさがそう。」

ジーンズとタンクトップにきがえたママといっしょに、志乃はマンションのエレベーターにとびのった。自転車おき場から、ママにつづいて自転車をだした。

「志乃は、夢といっしょにあそんだ場所をさがして。ママは保育園の友だちの家にいってみる。なにかあったら携帯ね。」

「わかった。」

公園、図書館、駄菓子屋、古本屋……夢果と二人でいった場所を、志乃は自転車でまわった。しかし夢はどこにもいなかった。時間がたつにつれて、へんなことばかり気にかかる。夢のやつ、帽子をかぶってるのかな。水分、ちゃんととってるかな。へんな人に、つれていかれてないよね……。

不安が高じて、心のなかで夢果にやつあたりをした。夢のバカ。小さいくせにかってなことして。帰りたいなら、むかえにきてって、電話よこせばいいじゃん！

なんどかきたことのある、自宅からはなれた公園にも足をのばした。そこにも夢果の姿はなかった。空のジャングルジムや、だれもいない砂場が、夕焼けにそまりはじめている。

つかれて志乃は公園のベンチにすわった。公園の時計は、もう七時近い。夢果がいきそうな場所は、もうほかに思いつかない。

キキーッと、車が急ブレーキをかける大きな音がした。志乃の心臓がとびあがった。

全身から汗がふきだした。まさか……。

「あぶないだろ！」

横断歩道の赤信号を、無視してわたろうとした自転車のおばさんに、タクシーの運転手がどなっていた。

志乃は大きな息をはいた。くるしいくらい動悸がはげしくて、ふるえがなかなかとまってくれない。知らぬまに手をあわせていた。神さま、おねがいします。文句いわないであそんであげます。夢がすきなハンバーグもつくります。だから夢をかえしてください。大事な妹なんです。いっしょにいたいんです……。

電線にとまっていたカラスが、カアとひと声鳴いて、赤くそまった空をとんでいった。

そのころ、軽自動車の後部座席で、優子は湿布をはった足首にそっとふれていた。あまりうごかさずに、はやめに湿布をしたのがよかったのだろう。腫れはなく、いたみもそれほどではなかった。

車はさっき、優子が住んでいる町に入った。いまはファストフード店、パチンコ屋、ラーメン屋、大きな書店などが両側にならんだ、広い国道を走っていた。あと十五分程度で、優子の家に到着する。

交差点の赤信号で、車がとまった。運転席から杏奈のおかあさんが、優子にきいた。

「ほんとにおばあちゃんに、連絡しておかなくていいの？　けがして帰ったら、おばあちゃん、びっくりするんじゃない？」

「いいんです。あの、家の前でおろしてください。」

「でもはやく病院にいかないと。おばちゃん、車で病院までのせていくわよ。」

杏奈がおした携帯電話の短縮番号〈1〉は、杏奈のおかあさんの携帯電話につながった。さいわい、おかあさんはレストランの仕事がおわって家にいた。事情を知ると、高速道路をつかってむかえにきてくれた。杏奈はいま、助手席でねむっている。

信号がかわるのをまちながら、優子は窓の外、横断歩道をわたってきた人たちをながめた。七時になっても人の顔を見わけられるほどには明るく、いろんな人がいた。レジ袋を両手にさげたおばさん、手おし車をおすおばあちゃん、こづきあいをしておかあさんにしかられている小さな男の子たち……。

「あれ？」

優子が窓に顔を近づけた。

「杏奈ちゃん、あの子、夢ちゃんじゃない？」

「杏奈、優子ちゃんがよんでるわよ。」

おかあさんにおこされて、杏奈がねぼけ顔で目をあけた。

「なに？」

「そこの歩道を歩いてたの、夢ちゃんだと思うんだけど。ほら、ポストのところにいる。」

杏奈が窓をあけた。

「ほんとだ。あのくせっ毛は、たしかに夢ちゃんだ。」

「こんなところに、どうして一人でいるんだろう。」

「おかあさん、車をとめて。」

信号が青にかわったので、おかあさんは車をだし、交差点の数メートル先で、道端に車をよせた。

「ちょっといってくる。」

杏奈が車から歩道におりて、走った。すぐに、夢果をつれてもどってきた。

「やっぱり夢ちゃんだった。なんかね、家に帰ろうとして、迷子になっちゃったんだって。おかあさん、夢ちゃんの家まで、送ってあげてくれる？」

優子のとなりに夢果がすわった。

「夢ちゃん、たいへんだったね。」

「ん。」

夢果はくたびれたようすだった。泣いて手でこすったのか、目のまわりが赤くなっていた。優子はポシェットからハンカチをとりだし、夢果の顔をふいてやった。

「志乃ちゃんに連絡しておくほうがいいよね。」

だれにということもなく杏奈が同意をもとめ、携帯電話をバッグからだした。

12
あたしたちのおうち

公園の時計が七時をまわった。歩道にとめた自転車のわきに、志乃はぼんやりと立っていた。暑さとつかれで頭がうまくまわらない。つぎはどこをさがそうか。

「志乃ちゃん。」

いきなり名前をよばれて、志乃はびっくりして顔をあげた。

ラビット配達のユニフォームをきた堀さんが、空の台車をおして歩道にいた。

「こんなところで会うなんて偶然だね。さっき、志乃ちゃんとこのマンションに配達にいってきたよ。」

いつもとかわらない堀さんの笑顔に、志乃の緊張がぷつりときれた。下のまぶたにみるみるなみだがふくれた。

堀さんがおどろいて、台車をその場において近づいてきた。

「どうしたの？　なにかあった？」

志乃は泣きだすのを懸命にこらえ、声をしぼりだした。

「夢が、いなくなったの。夢のパパの家を、二時間くらい前にでて、それからどこにいったか、わからないの。」

「えっ！　警察にはとどけたの？」

「とどけたって、ママはいってた。」

「夢ちゃんがいきそうな場所は？」

「ぜんぶいった。」

「それは弱ったね。」

堀さんが頭に手をやった、そのときだった。

志乃のジーンズのポケットで携帯電話の着信音が鳴った。志乃はいそいで電話をとりだし、「杏奈ちゃんからだ」といって、耳にあてた。

「もしもし、杏奈ちゃん？　えっ！　ほんとに？　わかった。うん。じゃあ、あたしこれからマンションにもどる。エントランスにいて。」

電話をきった志乃は、いそいで堀さんにおしえた。

「友だちが夢をみつけてくれた！　一人で、町はずれを歩いてたって。マンションまでつれてきてくれるっていうから、あたしももどる。」

自転車のハンドルをつかんで、むきを百八十度かえた。サドルにまたがろうとすると、堀さんがよびとめた。

「のせていくから、自転車かして。」

堀さんは志乃の自転車をかるがるともちあげて、トラックの荷台におさめた。助手席をゆびさす。

「のって。」

志乃はどきどきしながら、助手席でシートベルトをしめた。トラックにのるのは、うまれてはじめてだった。堀さんがエンジンをかけた。振動が足につたわってくる。

「すぐつくよ。アメでもなめてなよ。」

堀さんがくれたコーヒー味のアメを口にいれると、あまい味にあごがいたくなった。安心したのとつかれで体から力がぬけ、シートに背中がしずんでいくような感じがした。

「そうだ。ママに電話しておかないと。」

志乃は携帯電話の、短縮番号の〈1〉をおした。

「夢ちゃん、そういうの、やめたほうがいいよ。あとでおそうじの人がこまるよ。」

「もうそろそろ、おねえちゃんがくるよ。」

志乃たちが住んでいるマンションに到着した杏奈と優子は、エントランスで、夢果に手をやいていた。杏奈のおかあさんは、道路にとめた車のなかで二人をまっている。

夢果はガラス戸に、はあーっと息をふきかけては、絵をかいていた。ごしごしとけすたびに、手のよごれがガラスにつく。

「こら！　夢、またそういうことして！　だめでしょ！」

志乃の声がして、夢果の体がびくんとはねた。両びらきのドアをあけて、志乃が夢果をにらんでいた。

夢果が走っていってだきついた。

「おねえちゃん！」

汗ばんだ小さな体を、志乃がぎゅっとだきしめた。泣きそうな声でしかりつけた。

「なんで急にいなくなるの！　一人でいなくなったら、みんな心配するでしょ！　夢のバカ！」

杏奈がとりなした。

「おこらないであげて。夢ちゃん、泣きながら歩いてたの。夢ちゃん、もうしないよね？　おねえちゃんにごめんなさい、しよ。」

夢果が「ごめんなさい」といって、かたちだけ志乃に頭をさげた。つぎの瞬間には、得意そうに胸をはった。

「夢ね、一人でバスにのったんだよ。バス停にいたおばさんに、ここにくるバスは、K町にいきますか？　ってきいたの。そしたらおばさんが、そっちのほうへいくからいっしょにいこうって。同じ席にすわったよ。いろいろお話ししたよ。夢が来年一年生だっていって、一人でおうちに帰るんだっていったら、えらいねって、頭なでなでしてくれたよ。」

志乃がするどくきいた。

「バスにのったのに、どうして迷子になったのよ。」

優子が説明した。

「三つめのバス停でおりなさいっていわれて、おばさんが先におりたんだって。だけど一人になったら、どこでおりればいいのかわかんなくなって、おりる人の後についておりたら、知らないところだったんだって。」

志乃のママが、首にかけたタオルで、顔の汗をふきふきもどってきた。ようすが気になってドアのところにいた堀さんに会釈をして、夢果に歩みよった。さすがの夢果も顔に緊張をうかべた。

ママが夢果の肩に両手をおいて、しゃがんだ。

「夢、すごいじゃないの。大冒険したね。一人で帰ってこれたなんて、ママ、しんじられないよ。びっくりだ。」

しかられないとわかった夢果が、不満そうに鼻の穴をふくらませた。

「夢は一人で帰れるよ。だって夢は自分のおうち、知ってるもん。夢のおうちは、ここ！」

あんまり力をいれて「ここ！」といったせいで、むせてせきこんだ。ケホケホと、なかなかとまらない。

そんな夢果に、みんながふきだした。「わらっちゃダメ！」といって夢果がおこるほど、わらい声が大きくなった。

ママが目じりのなみだをぬぐった。

「そっか。ここが夢のおうちか。だったらここに住まないとね。」

夢果が力いっぱいうなずいた。

ママが夢と目線をあわせた。

「でもさ、城ノ内さんもママもおねえちゃんも、すごく心配したんだよ。夢はどこにいっちゃったんだろうって。車にひかれてたらどうしようとか思って、心臓がくるしくなったよ。夢は来年一年生だけど、やっぱりまだ小さいから、あぶないことにまきこまれやすいんだよ。今回の冒険はうまくいったけど、いつもうまくいくとはかぎらない。

冒険はおうちの近くにしておこう。」

夢果は神妙にうなずき、「わかった」とこたえた。

ママが夢果と手をつないだ。

「じゃ、帰ろうか。中華屋さんに出前たのんできたからね。夢のすきなシュウマイもとどくよ。」

優子と杏奈のほうをむいた。

「どうもありがとう。二人が夢をみつけてくれたんだってね。こんどゆっくりあそびにきて。どーんとごちそうするから。」

堀さんが志乃に声をかけた。

「志乃ちゃん、じゃあ、おれいくから。」

ママが堀さんに視線をむけた。

「どちらさま？」

志乃が説明した。

「あたしと夢の友だち。夢をさがしてるとちゅうで会って、心配してきてくれたの。」

ママが「あらまあ」といって、目をぱちぱちさせた。すごいイケメンだわと、顔に書いてある。

「あらためてお礼をしたいので、電話番号おしえていただけません？」

堀さんが苦笑いをうかべ、「それにはおよびません」といってことわった。

「ママ、先にいってて。」

ママと夢果がいってしまうと、志乃は堀さんと杏奈と優子に頭をさげた。

「どうもありがとう。おかげで夢が無事みつかりました。優子ちゃん、足をけがしたのに、わざわざきてくれたんだ。きのうはあたし、いろいろいっちゃって……。」

気にしないでと、優子が手をふった。

「こんど、志乃ちゃんおすすめのマンガかして。」

にこにこしている優子と杏奈に、志乃は心がかるく、それからあたたかくなるのを感じた。きのうのことは水にながそうと、二人の笑顔は語っていた。

志乃は思った。自分はケンカした相手に、こんなふうにほがらかにふるまえるだろうか。さらに思った。ひょっとして悲劇の主人公になっていたのは、自分のほうだったのではないか。ママや夢果に対して不満があって、にげることばかり考えていた。いまをなんとかしようなんて、思いもしなかった。

「マンガ、いまとってくる。古本屋で買ったやつ、ぜんぶで三十巻くらいあるけど、ぜんぶもっていく？」

志乃の言葉に、優子がおおげさに目をまるくした。杏奈と堀さんがわらい、志乃もわらった。

「さてと。ほんとにもういかなきゃ。」

堀さんがドアをあけた。

「みんなでこんど、うちにあそびにおいでよ。ところで、志乃ちゃんのママって、かっこいいね。」

志乃はぽかんとした。

「かっこいい？　おっさんみたいな、あのママが？」

杏奈と優子が堀さんに同意した。

「さっぱりしてて、なんでも話せそう。」

「めっちゃ男前。」

どちらの意見にも、堀さんはうなずいた。

「おれ、志乃ちゃんのママみたいな父親になりたい。」

「はあ？　なにいってんの？」

声をうらがえした志乃にかるく手をあげ、堀さんはトラックへもどっていった。

13 すなおな気持ち

十巻だけ志乃からマンガをかりて、優子は杏奈のおかあさんに送ってもらって、家にもどった。湿布をはった足を見たばあばは、予想どおり仰天し、夜八時までひらいている近所の整形外科クリニックに、優子をつれていった。さいわい、かるい捻挫ですんだ。

家にもどるとばあばは、居間にいすをはこんできて、テレビの前においた。

「二階でねるのはしばらくむりだから、ばあばの部屋でいっしょにねよう。そうすれば夜中に、おしっこにいきたくなっても安心だよ。それにしても、おそいから心配してたんだよ。杏奈ちゃんのおばあちゃんから電話があって、杏奈ちゃんもまだ帰ってないっていうし。図書館のどこでころんだの？　あぶないところがあるなら、役所にいってお

かないと。はい、どうぞ。」

わたされたテレビのリモコンを手にいすにすわり、優子は図書館の内部を思いうかべた。玄関、階段、トイレですべったというのはどうだろう。

でも……。

とても小さな声がでた。

「図書館じゃないの。あたし、きょう、杏奈ちゃんとT市にあそびにいったの。そこであたしがころんで歩けなくなったから、杏奈ちゃんがおかあさんに電話して、むかえにきてもらったの。」

ばあばは「T市？」とおどろきの声をあげた。

「ほしいものでもあったの？　いってくれれば、ばあばがつれていったのに。」

優子の声がますます小さくなった。

「ほしいものっていうか……そうじゃなくて、あたし、このごろいろんなことがおもしろくなくて、むしゃくしゃしてたの。杏奈ちゃんも同じで、二人で気晴らしにあそんでこようって話になったの。」

「いろんなことがおもしろくないって、どういうこと？」

優子の鼻の奥がつんといたんだ。ばあばにすべてうちあけたい。でもパパとママの悪口を、どうしたっていいにくい。

「あたし、連休とお盆に、ママとパパのところにいったでしょ。二人ともむこうですごくたのしそうで、ぜんぜんさみしそうじゃなかったんだ。あたしがいっしょにくらしたいといったらどうする？　ってきいたら、二人ともひとごとみたいだった。パパもママも、むすめより自分がしたいことのほうが大事なんだよ。」

ばあばが「まさか」といって、優子の足もとにしゃがんだ。

「パパもママも優子に会いたいと、毎日思ってるにきまってるよ。さみしくないなんて、そんなことあるはずないよ。」

優子は首を横にふった。

「だれだってすきなことをしたいよ。あたしだってしたいもん。ばあばも、イタリアにいきたいんでしょ？」

優子は手の甲で目をおさえた。なみだといっしょに、長いあいだ胸をふさいでいた不安があふれだす。

「あたしがいるからいけないんだよね？　孫は、ほんとはときどきでいいんだよね？」

ばあばが優子の膝をぽんとたたいた。

「優子はそんなことを心配してたの？　どうりで、このごろようすがへんだと思った。」

立ちあがって戸棚の引き出しをあけ、旅行のパンフレットをとりだした。「これでしょ？」といって、優子に見せた。

「たしかにイタリア旅行は、ばあばのあこがれ。でもいまはいこうとは思ってないよ。うそじゃない。その証拠に。」

ばあばはパンフレットを、ゴミ箱にすてた。せいせいしたというふうに、手のひらをはたいた。

「ばあばは優子をめいわくだなんて、これっぽちも思ってない。いっしょにテレビ見たりごはん食べたり、たのしく毎日をすごしてるんだから。優子のおかげで、若い芸能人の名前をずいぶんおぼえたし、マンガも読むようになった。それにね、栄養バランスに気をつけて料理するようになったおかげだろうね。」

声をひそめた。

「便秘がなおったの。何十年となやみの種だった便秘が、優子とくらしたらなおっちゃった。優子のおかげ。」

優子はなみだにぬれた目でばあばを見た。

「ほんと?」

「ほんとほんと。」

しかしすぐには安心できない。

「でもイタリアはいついくの? あたしが中学もここからかようことになったら、いくのずっと先になっちゃう。」

ばあばが「そうだなぁ」といって、腕組みをした。それからひとさし指を立てた。

「優子がもっと大きくなったら、いっしょにいこうよ。」

優子の両方のまゆ毛が、くいっとあがった。

「そっか。あたしがばあばをイタリアにつれていってあげればいいんだ。」

ばあばが優子と、顔を見あわせてにっこりした。

「通訳(つうやく)は優子(ゆうこ)にまかせたわよ。」

「うん。あたし、中学いったら英語がんばる。」

「イタリアは英語じゃないでしょ。イタリア語。」

「あ、そっか。」

声にだしてわらいあった。

ばあばがエプロンをつけた。

「パパとママのことは、優子の考えすぎだと思うよ。さてと、夕飯(ゆうはん)は鶏(とり)の唐揚(からあ)げでいい？」

「うん！」

テレビを見ていると、ジュージューという揚(あ)げ物(もの)の音がして、唐揚げのいいにおいがしてきた。優子はおなかをおさえた。くるしいくらいぐうぐう鳴っていた。

外国人のタレントがでているお菓子(かし)のCMが、テレビにうつった。優子は画面に顔を近づけた。この人、イタリア人じゃないっけ。

いすにすわったままゴミ箱へ上体をのばし、ばあばがさっきすてた旅行のパンフレットをひろいあげた。いつの日かいくときめたとたん、イタリアという国が気になる。膝(ひざ)の上でページをひらいた。ローマ、ミラノ、ベネチア……はなやかな写真の連続(れんぞく)に、胸(むね)がどきどきした。イタリア、いいじゃんいいじゃん。

優子(ゆうこ)はパンフレットを、胸に強くだきしめた。ばあばといっしょに、イタリアにかならずいくぞ！

自宅(じたく)の門の前で、杏奈(あんな)はシートベルトをはずした。

「じゃあね。きょうはありがとう。バイバイ。」

おかあさんがかたい声で、「杏奈」とよんだ。

「優子(ゆうこ)ちゃんの手前、きかずにいたけど、どうして二人であんなところにいたの？」

「買い物にいっただけだよ。」

いつものようにそっけなさをよそおって、杏奈は話題(わだい)をかえた。

「そうだ。守(まもる)は元気？　水泳、まだつづけてるの？」

「がんばってるよ。」

「いまもオリンピックめざしてるのかな。応援してるって、いっておいて。じゃね。」

ドアをあけようとした杏奈の腕を、おかあさんがつかんだ。

「杏奈。おばあちゃんとなにかあったんでしょ。」

杏奈は首をねじって、おかあさんから顔をそむけた。なおもドアをあけようとすると、おかあさんの手と声に力が入った。

「杏奈、こたえなさい！」

杏奈は窓の外をじっと見た。見慣れた門があった。門をくぐれば家で、おばあちゃんがまっている。どうしてこんなにおそくなったのかと問いつめるだろう。夏休みの宿題はかたづいたのか、お昼はなにをごちそうになったのか、優子の自由研究はなにか。質問ぜめにして、二学期からかよう予定の新しい塾の話もするだろう。始業式にきていく服をだしてくるかもしれない。白いブラウスと紺色のキュロットスカートと……。

はたと気づいた。お店で買ったショートパンツをはいて帰ってきてしまった。このままでは優子の家にいたのではないとばれてしまう。

杏奈はうつむいた。ふかいため息をもらした。

「おかあさん。あたしがおかあさんとくらさないっていったとき、あたしをイヤな子だと思ったでしょ。あたしがおかあさんをきらってると思った？　そんなことないよ。おかあさんを大すきだよ。」

　いきおいにまかせた。

「おばあちゃんね、あたしをつかって、おかあさんに勝とうとしてる。」

　ふいをつかれたおかあさんの手をほどいて、杏奈は車からおりた。そのまま門を鍵であけて、なかに入った。

　家の玄関で、きびしい目をしたおばあちゃんがまちかまえていた。

「杏奈。もう八時よ。いままでいったいどこにいたの？　おばあちゃん五時に、優子ちゃんの家に電話したのよ。そうしたら優子ちゃんのおばあちゃんが、二人で朝から図書館にいってる。そろそろ帰ってくるだろうって。おばあちゃん、とっさに話をあわせたんだから。杏奈、小さなうそでも、うそはうそなのよ。」

　杏奈は靴をぬいで家にあがった。むきだしの太ももに、おばあちゃんの視線がいたい。おばあちゃんが杏奈の前にまわった。

「いままでどこにいたの？　いいなさい。おばあちゃんにうそつくなんて、杏奈はいつからそんなわるい子になったの？　それになに？　そのみっともない服。だれに買ってもらったの？　まさかあの女と会ってたんじゃないでしょうね。ハワイでも行儀がわるかったし、ほんとにもう、おばあちゃん自慢の杏奈は、どこにいっちゃったの？」

杏奈は奥歯をぐっとかんだ。おばあちゃんをなぐってしまいそうで、しかしそれはけっして、してはならないことだった。

せめていいかえしたい。おばあちゃんを上目づかいでにらんだ。思いがけず低い声がでた。

「だまりやがれ。てめえのむだ口に、つきあってるひまはねえんだよ。」

おばあちゃんがはっと息をのんだ。そのすきをのがさず、杏奈は階段をかけあがった。部屋に入ってドアをしめ、胸に手をあてた。心臓が大きくうっていた。いった。ついにあのセリフをいってしまった。もう、もとにはもどれない。おばあちゃん自慢の孫にはなれない。

こぶしをにぎり、杏奈は気合いをいれて「おしっ！」とつぶやいた。

14
祝！　誕生日直列

　八月三十一日、夏休み最後の昼さがり、優子は杏奈の家の前に立っていた。あいかわらずりっぱな門がまえだった。長い白壁が家の周囲をぐるりとかこみ、周囲からういて見える。塀のむこうに、瓦屋根ののった大きな屋敷があった。さすがは〈三屋不動産〉社長の家だ。

　きのうの夜、杏奈から電話がかかってきた。

『三十一日にうちで、誕生日直列のお祝いをしない？』

「いいよ。」

『じゃ、志乃ちゃんもさそうね。』

優子はひとつだけのこっていた宿題、ドリルの最後の二ページを、きのうのうちにしあげた。きょうはくるとちゅうの文房具屋で、二人への誕生プレゼント、キャラクターのノートとペンを二組買った。

門の呼び鈴を鳴らしてすこしすると、大きな木目のあるとびらがひらいた。Tシャツにジーンズというさっぱりした服装に、髪をポニーテールに結んだ杏奈が顔をだした。

「いらっしゃい。」

「ちょっとはやくきちゃった。」

「いいよ。きょう、家にあたし一人なんだ。」

とおされたリビングを、優子は意外そうに見まわした。

「杏奈ちゃんの家、ひさしぶりにきたけど、がらっとかわったね。」

以前は家のあちこちに、守のおもちゃやおとうさんのゴルフバッグがあり、生活感があふれていた。しかしいまは藍染めや和の小物で統一され、いけ花や日本人形が、おちついた雰囲気をかもしだしている。

「まあね。おばあちゃんの趣味。」

「おばあちゃんは？」

「駅前の会社。おばあちゃん、あそこでまた、はたらくことになったの。これからは留守が多くなるみたい。優子ちゃん、お料理はこぶの、てつだって。」

優子は台所から、サラダをはこんだ。杏奈がレタスやカイワレ大根をちぎって、自分でつくったものだ。ほかにも冷蔵庫に、サンドイッチやフルーツポンチやブラマンジェがひえていた。

「杏奈ちゃん、はりきったね。」

「まあね。優子ちゃん、足はどう？」

「もういたみはほとんどない。走ったりは、まだできないけど。」

「パパとママが帰ってきたんでしょ？　誕生会、した？」

優子はうんとうなずいた。きのうの誕生日を思いかえした。

優子がけがをしたという連絡をうけて、パパとママが帰ってきた。その日はちょうど優子の誕生日で、ばあばの家で、ささやかな誕生パーティーがひらかれた。

ケーキに十二本のろうそくをさし、ともした火を優子はひと息でけした。パパとママとばあばがいっせいに拍手をした。

「おめでとう。優子。」

「十二歳、おめでとう。」

「ありがとう。」

ばあば特製のオードブル、ちらし寿司、ミートローフ、それからケーキ……おなかいっぱいになったところで、みんなで近況を報告しあった。パパやママが話してくれたゆかいなできごとに、優子もばあばもげらげらわらった。

ママが優子にきいた。

「プレゼントは足がなおったら買いにいこうね。ほしいものあるの？」

シャンパン色のサイダーを、優子はおごそかに口にはこんだ。

「あるよ。その前に、あたし、パパとママにいいたいことがある。」

このチャンスをいかさない手はなかった。しかしためらいもあった。こんなこと、親にいっていいのかな。

考えあぐねる優子の頭に、夢果の姿がうかんだ。鼻の穴をふくらませ、せきこむほどに力をいれてうったえていた。夢のおうちは、ここ！

　腹がきまった。保育園児に負けてどうする。

「あたし、連休とお盆に、パパとママに相談したいことがあったのに、できなかった。」

　きょとんとしているパパとママの顔をしっかりと見つめ、つづけた。

「二人とも、あたしのことすっかりわすれてくらしてるみたいだと思った。ママは昼間からすごくよっぱらって、おまけに若い男の人とべたべたして、みっともないし、はずかしかった。村の人たちみんな、ママをたよりにしてるわけだし、あんまりカッコわるいことしないでほしい。パパは、会社の女の人にお弁当をつくってもらうのって、どうなのかな。むすめとしては、若い女の人につくってもらったサンドイッチを、大好物とかいって食べてるパパは、はっきりいって気持ちわるい。立ち食いそば食べてるほうが、ずっとかっこいい。」

　両親の顔がみるみるこわばって、場の空気がはりつめた。ばあばが、はらはらしている。

これ以上は危険ゾーンと、優子の頭に赤ランプが点滅した。話をうつした。

「で、プレゼントだけど、〈アイ・キャン〉のイラスト講座をやっぱりやりたい。小さいうちはいろんな体験をしてみるほうが、将来に役立つってパパとママはいったけど、イラスト講座もいろんな体験のひとつだと思うので、ぜひぜひプレゼントしてくださーい！」

パパとママはしぶしぶだが承諾した。

その夜、両親がどんな話しあいをしたのか優子は知らない。しかしけさ、赴任先へもどるパパとママは、優子にこう約束した。

「優子に毎日、電話するからね。」

「今年の冬は、みんなでスキーにいこうな。」

優子はどちらにもわらってうなずいた。そして杏奈の家にくるとちゅうで、イラスト講座の受講ハガキを、ポストにいれた。学年いちばんの座はわたさないと、ハガキがおちたポトンという音を耳に、こぶしをにぎった。下田さんに、負けないぞー！

「優子ちゃん、なに、ニヤニヤしてるの？」

下田さんのびっくり顔を想像する優子を、杏奈がふしぎそうに見ていた。

「え、いや、ちょっと。」

「ブラマンジェをお皿にあけるから、こっちきて、てつだって。」

「うん。」

二人で、冷蔵庫からブラマンジェの容器をだした。テーブルにおいた皿の上でさかさにして、杏奈が容器をこきざみにふった。

「でてこない。」

「気をつけて。くずしちゃだめだよ。」

「あっ。」

白いブラマンジェが容器からとびだし、皿でぐちゃっとくずれた。

優子と杏奈がブラマンジェで大さわぎしているころ、志乃が杏奈の家の前に到着した。

さっきまであんなに晴れていた空に、ぶきみな黒い雲がうかんでいた。風が急につめたくなって、夕立がきそうだった。

「ええと、門の表札は〈三屋〉だから、ここでまちがいない。杏奈ちゃんち、すごいデカッ！　武家屋敷みたい。」

志乃の横にいた夢果が、鼻歌をうたっていた。〈あわてんぼうのサンタクロース〉だ。おとといからずっとうたっている。

「おねえちゃん、カラオケたのしかったね。」

「うん。夢の誕生日にも、カラオケにつれていってもらおうね。」

おとといは志乃の誕生日だった。翻訳の仕事がおわり、アルバイトも休みだったママが、近所のカラオケ屋で、パーティーをするといいだした。

飲み物と軽食を注文して、それぞれにすきな歌をうたって、点数をきそった。

「夢、〈あわてんぼうのサンタクロース〉うたう。」

前奏がはじまると、いっちょうまえに体をゆらしてリズムをとった。ママはマラカスで、志乃はカスタネットで夢果を応援した。

カスタネットをカチカチ鳴らしながら、志乃はママにきいた。

「で、けっきょく夢は、どっちの家でくらすの？」

ママと城ノ内さんは、このあいだ、話しあいの場をもうけた。

「いままでと、まったくいっしょ。」

「そういうことになったんだ。」

マラカスをシャカシャカふっていたママが、いきなり話題をかえた。

「家を買いたい。」

志乃はカスタネットをうつ手をとめた。

「買う家を、もうきめてあるの?」

「まさか。売れっ子翻訳家になってかせいで、お金をためるの。庭つき一戸建て。高層タワーマンションもいいな。」

志乃はカスタネットをうるさくたたいた。いおうかどうしようかまよい、思いきった。

「いつか買う家より、いまの家だよ。家に、男の人つれてくるのはやめてくれないかな。会うなら、外で会ってよ。ママの家だけど、あたしと夢の家でもあるんだよ。住んでる人がいづらい家なんて、へんじゃん。あたし、ママが男の人をつれてくるの、いつもいやだった。そのたびに夢を外につれていくのは、めんどうくさい。夏は暑いし、冬は寒いし、雨の日だってあったんだから。」

ママはマラカスをふりつづけていた。夢果の歌はエンディングにさしかかっている。

「わかった。もうしない。」

ママの返答と歌のおわりがかさなった。画面から映像がきえて、ドラムの音が鳴りひびいた。

「あっ！」

「すごーい！」

志乃はママとのけぞった。九十点という数字が、画面でおどっていた。

けっきょく六十八点しかとれなかったママを思いだして、志乃はくすくすわらった。

夢果が背のびして、門の呼び鈴を鳴らした。杏奈の声がスピーカーからきこえてきた。

『はい。』

「夢とおねえちゃんです。」

『いらっしゃい。まってたよ。』

門をあけにきた杏奈と、志乃は夢果をつれて外車がおかれた石だたみをすすんだ。長い廊下(ろうか)をわたってリビングにいった。優子(ゆうこ)がいて、テーブルにはパーティーのしたくがすっかりととのえられていた。

志乃(しの)は優子にきいた。

「足、だいじょうぶ？」

「ほとんどなおった。雨ふってきた？」

「まだ。もうふりそう。」

いいおえないうちに、夕方のように暗くなった空に、稲妻(いなずま)がはしった。すこしおくれて雷(かみなり)がとどろき、庭の植木が強い風にざわめいた。まもなく雨粒(あまつぶ)が屋根をたたくバチバチという音がして、雨がふりだした。あっというまに、庭がけむって見えなくなるほどのどしゃ降(ぶ)りになった。

みんなで窓辺(まどべ)により、雨のすじを目で追った。

「ゲリラ豪雨(ごうう)だ。」

「雷、こわっ。」

杏奈(あんな)がすこしだけサッシ戸(ど)をあけて、手を外にだした。雨粒がみるみる手のひらにた

まっていった。

「こういう雨のとき、家にいると、なんか安心するよね。」

優子がうなずいた。

「寒い日も。家に入ってあたたかいと、ほっとする。」

志乃がつづける。

「いやなことがあると、はやく家に帰りたくなる。家って、大事だよね。」

「そうだね。」

そうこたえて、杏奈は三日前の誕生日を思いかえした。


その日、おとうさんと二人で杏奈は、ホテルのレストランでフランス料理を食べた。おばあちゃんは同窓会があり、そちらを優先した。

食事がおわって、杏奈がデザートを食べていると、おとうさんがいいだした。

「杏奈。おかあさんと会いたいときは、いつでも自分から会いにいっていいんだからな。手紙も電話も、もちろんＯＫだ。おかあさんも、杏奈に会いたいときに会っていい。おとうさんと守も同じだ。」

急になにをいいだすのかと杏奈はとまどった。「そうだね」と、あたりさわりのない返事をした。

おとうさんが「それから」とつけたした。

「T市に会社の支店をつくることになった。おとうさんはこれから、そっちでの仕事が多くなる。駅前の本社は、おばあちゃんが管理することになった。おばあちゃんはこれからあまり家にいられなくなる。家のこととか、杏奈がおばあちゃんをたすけてやってくれ。それと、おばあちゃんはおかあさんの悪口を、もういわないはずだ。」

おとうさんがなぜこんなことをいいだしたのか、杏奈はようやくわかった。昨夜、おとうさんとおかあさんは話しあった。そして杏奈とおばあちゃんが、このままではいけないと判断して、おばあちゃんに意見した。

それに対しておばあちゃんは、なんとこたえたのか。杏奈には心あたりがあった。

その朝、杏奈がおきてダイニングにいくと、テーブルにいつものように、パンやオムレツやサラダがならんでいた。おばあちゃんは杏奈に背をむけて洗いものをしていた。

「いただきます」といって杏奈(あんな)は食べはじめた。するとおばあちゃんは、いつもなら杏奈のむかいにすわってあれこれ話しかけるのに、しずかにふりむいて「のこさず食べなさい」とだけこたえた。

おとうさんのおだやかな表情(ひょうじょう)に、両親やおばあちゃんに対してずっともっていたかたくなな気持ちが、ほぐれていくのを杏奈は感じた。冗談(じょうだん)めかした口調(くちょう)になった。

「家のてつだい、まかしといて。あたし、けっこう家事(かじ)がじょうずなんだよ。」

おとうさんが意外そうにまゆをうごかした。

「いちばんの得意(とくい)はなんだ?」

「やったことないから、わかんない。じょうずっていうのは、たぶんってこと。」

「なんだ、そりゃ。」

杏奈はその夜、さっそくおかあさんに電話をかけた。おかあさんや守(まもる)がくらす家に、あそびにいく約束(やくそく)をとりつけた。

そしてけさ、杏奈はおばあちゃんがでかけると、本を見ながら誕生会(たんじょうかい)のための準備(じゅんび)をした。フルーツポンチの果物(くだもの)をきり、ブラマンジェの牛乳(ぎゅうにゅう)をあたためてコーンスターチでかためた。それからサラダと、玉子とツナのサンドイッチをつくった。包丁をうごかしながらワクワクした。料理ってけっこうおもしろい。もっといろいろな料理に挑戦したい。そしておかあさんやおとうさんや、おばあちゃんにごちそうしよう。

杏奈は手のひらにたまった雨を地面にこぼした。

「もう雨がやんだよ。」

「はやっ！」

「ちょっとすずしくなったね。」

はやくながれる雲がきれて、青空がのぞいていた。もどってきた夏の日ざしに、庭の灯籠がみるみるかわいていく。

杏奈がサッシ戸をしめて、「そういえば」といった。

「あのあき家、住む人がきまったんだって。売れないから賃貸にだしたら、すぐきまったって。」

「どんな人が住むんだろう。」

「赤ちゃんがいる若いご夫婦らしいよ。ねえ、志乃ちゃんがよびたいっていった人、まだこないの？　そろそろパーティーはじめたいんだけど。」

「もうちょっとまって。かならずくるっていってたから。」

夢果(ゆめか)が自分のバッグから、細長いものを三つとりだして、三人のところへもってきた。

「あげる。プレゼント。」

ほそく巻(ま)いた画用紙だった。ごていねいに紙のはじを、キャラクターのシールでとめてある。

画用紙をひらいて、三人は声にださずに、あっ、といった。三人の似顔絵(にがおえ)が、クレヨンで画用紙いっぱいにかいてあった。髪(かみ)を長くたらした杏奈(あんな)、ツインテールの優子(ゆうこ)、それから携帯(けいたい)電話を手にした志乃(しの)、いずれも花や星に、にぎやかにかこまれている。

「ありがとう！」

「夢ちゃん、じょうずにかけてるよ。」

「志乃ちゃん、似てるー。」

「えっ、あたし、こんな顔？」

優子が自分の似顔絵に目をほそめた。

「あたしも保育園で、パパとママの似顔絵をかいたなぁ。」

志乃と杏奈がうなずいた。

「あたしもかいた。」

「あたしも。おかあさん、家の壁にはってた。」

しみじみといいあった。

「パパもママも、あたしがかいた似顔絵で、こんなふうなうれしい気持ちになったのかな。」

「そりゃ、なったでしょ。」

「かいたあたしだって、うれしかったもん。あれ？」

杏奈が、耳をすました。

「雷、まだ鳴ってない？」

たしかに鳴っていた。ゴロゴロという音が、遠くかすかにきこえてくる。

「これって、〈青天のヘキレキ〉だよ。」

志乃の言葉に、優子がひとさし指を立てた。

「それ知ってる！　〈マジ？〉っていう意味。」

志乃が首をかしげた。

「ヘキレキは雷のことだよ。すごいむずかしい漢字を書くの。青空なのに雷が鳴って、思いもよらないことがおきたっていう意味だって、ママはいってたけど。」

「思いもよらないこと……〈マジ？〉じゃダメ？」

「うーん。ま、世のなかは思いもよらないことの連続だから、わかりやすく、マジ？でいいか。」

門の呼び鈴が鳴った。杏奈がインターホンにでた。「はい、あ、いますよ。いまいきますね」と応対し、きってから志乃につたえた。

「志乃ちゃんがよんだ人って、堀朝子さんっていう人？」

「そう。ラビット配達の堀さんの奥さん。それと赤ちゃん。」

優子がまゆをハの字にした。

「ショック。あのかっこいい人、結婚してたんだ。」

反対に杏奈はうきうきしていた。

「赤ちゃん、はやく見たい！　むかえにいこうっと。」

いそいそと出むかえに立つ杏奈に夢果がついていった。

「赤ちゃんがくるよ、夢ちゃん。」

「杏奈ちゃん、赤ちゃんがすきなの？」

「大すき。かわいいもん。」

「育人くんもすごくかわいいよ。」

「夢ちゃん、会ったことあるの？」

「夢、育人くんのおねえちゃんだよ。」

しばらくして玄関のドアがあき、杏奈の声がした。

「あー！　かわいいー！　本物の赤ちゃんだ！　いないいないばあ。はじめまちてー。

杏奈おねえちゃんでちゅよー。ほっぺがプクプク。この手見て。つめ、ちっちゃーい！

あの、すいません。いきなりですけど、だっこしてもいいですか？」

リビングできいていた優子と志乃が、しんじられないというふうに顔を見あわせた。

「杏奈ちゃん、なんかキャラがかわったよね。」

「うん。はじけまくってる。お嬢（じょう）さまキャラだったのに。」

「志乃（しの）ちゃんはツンデレだよね。」

「あたしがツンデレ？　優子（ゆうこ）ちゃんこそ、アニメのキャラに似（に）てる。メガネとツインテール。赤いベレー帽（ぼう）があればかんぺき。」

「あのアニメ見てるんだ。」

「見てるよ。けっこう、あたしアニメすきだもん。」

「それ、なんではやくいわないの？」

優子がすまして、むすんだ髪（かみ）を指でゆらした。

「じつは、赤いベレー帽もってる。」

「ほんと？　かぶったところ、こんど見せて。」

「いいよ。はっきりいってチョーそっくりだから、かくごしておいて。」

「なにそれ。」

二人はわらいながら、玄関（げんかん）に朝子（あさこ）さんと育人（いくと）くんをむかえにいった。

夕立（ゆうだち）でやんでいたセミの合唱（がっしょう）が、いっせいにはじまった。

ゆうこ
あんな
しの

作　岡田依世子
（おかだいよこ）
秋田県生まれ。『霧の流れる川』で、講談社児童文学新人賞佳作、日本児童文学者協会新人賞を受賞。作品に『ぼくらが大人になる日まで』『トライフル・トライアングル』『夏休みに、翡翠をさがした』『怪獣イビキングをやっつけろ！』などがある。

絵　ウラモトユウコ
（うらもとゆうこ）
福岡県生まれ。漫画やイラストの分野で活躍中。漫画に『かばんとりどり』『彼女のカーブ』『椿荘 101 号室』『ハナヨメ未満』などがある。

偕成社
ノベルフリーク

わたしたちの家は、ちょっとへんです

2016 年 8 月　1 刷
2017 年 9 月　2 刷

作者＝岡田依世子
画家＝ウラモトユウコ

発行者＝今村正樹
発行所＝株式会社 偕成社
http://www.kaiseisha.co.jp/
〒 162-8450 東京都新宿区市谷砂土原町 3-5
TEL 03(3260)3221（販売）　03(3260)3229（編集）
印刷所＝中央精版印刷株式会社
小宮山印刷株式会社
製本所＝株式会社常川製本
NDC913 214P. 19cm ISBN978-4-03-649010-3

本のご注文は電話、ファックス、または E メールでお受けしています。
Tel: 03-3260-3221　Fax: 03-3260-3222　e-mail: sales @ kaiseisha.co.jp
乱丁本・落丁本はお取りかえいたします。